U0505877

「骆话」流水

骆新

「骆话」流水

骆新 著

上海人民出版社

目 录

序 @骆新……

滕俊杰

　　骆新你好！收到你邀约作序的微信时，我正准备启程出差，阅读随后传来的《"骆话"流水》底稿，已是在万里云天的飞机上了。你用微信体方式展陈开的数万字感悟，我读来顿觉开生面、蹈大方、出心裁，它是这些年你无数次电视节目主持中的所思所言之精华。尽管每句、每段体例不大，但我认为已经难以用"短小精悍"一言以蔽之了。它短而不小，颇多思辨的张力。自成一家的"骆话"，虽显"碎片化"之形态，但细细品来，觉得这是你的有意为之，因为枚枚"碎片"的"面值"很高，它们像极了此时飞机弦窗外的朵朵白云，既疏密有致、美妙浓郁，又竞相奔腾、赏心悦目；也酷似在丛丛卵石上跳跃的一泉溪流，清彻而湍急，一路自信地奔向大海……，此时，我把这一感悟注释为你将新书起名为《"骆话"流水》之缘由。至于精悍，倒是准确：与那些说一串串无意义的"正确的废话"相比，这里的许多话，既容不了眼前的苟且，更不拿否定明天来自我安慰。文中尽显靶向激励、点向嘲讽，反向思考、正向结论。珠玑频现、时时"点穴"、让人难忘，令人明理、催人警醒。它再次证明：出色的媒体主持人依靠的是"思想、思想、还是思想"，它包括判断的真切、语言的隽永、行事的理性、爱憎的分明。这种颇有价值和魅力的自我色彩，映衬出的是"读千卷书、行万里路"的付出，让富有个性品牌的一吐为快恰到好处，以至于有时显现出的一丁点"口吃"，也成了值得期待的"骆氏新语"的先兆……

在当下这个"微"传播时代，你领先一步出版了自己第一本微信体专著，相信会以超凡脱俗的设想，带给观众品读的审美愉悦；以诚恳和坦荡，满足读者对你思想的领略并探寻到一个个陌生接触点的答案，实乃"出新意于法度之中，寄妙语于哲理之间"。而我也以"@骆新……"为题序，既力图符合本书行文精炼的风格特点，更是寄理于"微来微去"的一种心灵约定：微信，业已成为当下表达世界的一种边界，我们以此为本，直抒心境；以此为用，灵动成趣！

第一次写这么多字数的微信，我徒生感慨，如果它能放入你的收藏夹，则是我的荣幸；如果能得到你的读者认可，则更让我心满意足了！

此为序。

滕俊杰发送于

2016年7月10日

第一辑

新　说

维特根斯坦名言："一个人对不能谈的事情就应当沉默。"韩少功解释道：在他看来，有时候我们以为在讨论问题，其实都是在瞎掰，是在语言本身的陷阱和囚笼中徒劳罢了。微博亦如是。

生活保持规律，身心皆有正能量。

有多少恶，乃假爱之名横行。

为什么一个到处追求娱乐的时代，人们的痛苦却越来越多？

要给人希望，而不是绝望。

身体不会骗你自己。

敏感者，多折己寿。豪放者，少害他人。

没有闲来之人，便没有神来之笔。

一个社会的减压阀如果全部被拧死了，你想会有什么结果？

表面上很"团结"，背地里很"紧张"；上半身很"严肃"，下半身很"活泼"。

某最快，某最早，某最长，某最多……唉，少一点邀功和攀比吧，特别是面对灾难的时候。

身体有强烈的透支感。卢梭说："人生而是自由的，但却无往不在枷锁之中。"此身已逐渐老去，自由却始终未得。

岁月如水，情感如风。

所谓的"南北风格"，就一句话：郭德纲装傻，周立波装精。

谁也别自诩可以代表海派文化，因为海派文化最大的特征，就是——没有任何一种形式可以代表它。

不要刻意去感动谁，那是更为拙劣的谎言。

某些人的所谓"荣誉感"，不过是把自己说成"故事"，而把别人都说成"事故"。

很兔。很 2。京派是假正经，海派是假 High。

当他还是小人物时，我们无理由地满心崇拜，乐见其成；当他已成大明星时，我们有意识地一脸坏笑，乐见其败。

任何用暴力所获得的，都必须用持久的暴力来看守。

电视上的特约嘉宾，愈来愈"职业化"。

我刚进入做评论员最好的年龄，电视就不需要评论员了。

"环境不好"，经常是我们逃避努力、放弃尝试的借口。实际上，与理想相比，环境从来就没有好过。

一个人，之所以受到尊重，并不是因为其躯壳，而是其灵魂；我们的躯壳，不过是灵魂的容器；但是……如果没有了这副躯壳，我们的灵魂又何处安放？

一边做恶，一边又骂恶，我们的分裂人格和犬儒主义，达到了人类亘古未有的高度。

人真正感到害怕的……并不是死亡，而是被他人遗忘和放弃。因为"人，是一切社会关系的总和"。

Consume deliberately. Take in information over affirmation.
（吸收有可能修正我们观念的新信息，而不是仅吸收对我们现有观念肯定的信息。）

棒杀诛其身，捧杀诛其心。棒杀捧杀，诛身诛心、汝欲一乎？

"抓坏人"或者"当坏人"，是令所有人兴奋的"梦想"。

人们欲望扩张的速度一直与通货膨胀成正比——针对中国版 QE 的一句话解读。

我们已经掌握了太多的真理，却一直看不见真相。

思想上的巨人，一般来说，都是行动上的矮子；反之亦然。"知行合一"者，世罕有，故贵之！

所谓明星，就是"熟悉的陌生人"；所谓家人，正好相反。

在互联网时代，随着"正人君子"的伪装越来越容易被戳穿，"索性承认自己就是流氓"反倒成了一种选择。

一位倡导"自然疗法"的德国医生对我说：不要为一个不想改变生活方式的病人治疗。

生活有些像是放电影：慢下来，即使卑微也显庄重；快起来，纵然严肃也觉滑稽。

当资本已成为权力的时代，任何昂贵的奢侈品或艺术品，实际上都是用金钱所表现的自我意志的胜利，也就是说：老子有钱，可以任性。

奴隶的偏狭与残酷，远超于统驭他的主子——特别是"有知识"的奴隶。

人类自甘于被奴役的命运，恰恰不是始于绝望，而是源于希望……

凡只强调优雅生活之城市，就必不适合野蛮生长。……其实，人也一样。

告别微信是找回完整时间的有效方法。

我坚信在这个地球上，没有任何动物会比人更贪婪与残忍。

在人们越来越多的表达面前，我却越来越习惯于沉默。

别误会，这个问题，我只是问自己的："咱不抄袭，还能活下去吗？"

学术教育机构，一旦官僚化，比粪坑还不如。

互联网时代的最大特征，就是颠覆了一切人的优越感。

唯有不求胜负的辩论，才可能最接近真理；其余的，皆无价值。

理性即良知。

爱，让人泪眼模糊……连性别也模糊。

成功不可复制，失败或能避免。

不抱希望，便无所谓失望。

你越是遮遮掩掩，越激发乌合之众把你"扒光"的欲望。

所有当着人家面、总结人家成功经验的举动，都没什么价值；相反，能当面指出错误的，非常有意义！

对人性的洞悉，远重于对世界的了解。

无全局之观照，便不可能有细节之关注；反之亦然。

以恐惧的心态搞庆祝，与用暴力的手段谈恋爱一样：荒谬。

星光大道上，明星最喜欢的消息，就是另一位明星栽了跟头、完了。

搞笑的笑，并不是真正的笑。

人，伤感于所有逐渐远去的已然，但又畏惧于一切正扑面而来的可能。

按照罗兰夫人的话——"我认识人越多，你就更会喜欢狗"，我照猫画虎地来描述一下自己这种"低头族"：我了解的信息越多，反而更陷入无知。

沉默总以两种方式表现：怨恨，或者阅读。

"有趣，有用，有信，有义"——开会四原则

"十样通不如三样精；三样精不如一样绝。"

人们愿意找醉的理由，无非就一个：从前当孙子，今天做回爷……

我只有关注大众的义务，从没想过拥有被大众关注的权利。

历史最终沉淀的是思想家，思想是人类的基因。

人们企图靠购买来化解失望、创造希望，但其结果，往往是加速进入绝望……

一个人的风度和格局的养成，更多源于失败，而非成功。

禅之核心：无念、无相、无住。

年年难过年年过，处处无家处处家；冷嘲热讽浑不顾，青灯一盏伴残花。

"装逼"破产的结果，就是会出现所谓"屌丝逆袭"。但是，我再怎么厌恶装逼，也绝不认为屌丝文化就顺理成章地成为主流。

做事，错；不做事，也错……现在，问题是无数该做事却不做事的人，正认认真真地假装做事。

人不断地通过拍照技术来证明自己的存在。

损伤，恰是活着的印记。

所谓"成功"，常被人（特别是"成功者"自己）神化，实则仅是个概率事件而已；人生其实根本不必在意快与慢、成与败，只要绵绵不绝，不停下来，便是功夫。

境由心造，相由心生。我们所评价的一切，其实，不过就是自身的投射。

"不炫耀合影，不赞美权力，不疯转鸡汤"，这样的人士在微信朋友圈里，算得上德性高尚。

什么是艺术？就是你内心所感受的世界。

"不要让你的年龄，影响你的思维方式。"

你越不想让我做（说）什么，我脑子里唯一想的，就是一定要做（说）这个……

要想甜，加点盐——我从来不认为，这句话只是"庖厨之道"。

许多年后，回想往事，我们只记住了明星以及明星的丑闻。

与迟钝的人相比，太过敏感的人，反而是更不容易合作的——这恰是"聪明反被聪明误"。

匮乏，是击碎一切美感和探索精神的利器。

一切针对你的指责和辱骂，唯一效果，就是用你的愤怒和疲于回应，来浪费你的时间。反之，也一样。

"言之有物，言之有理，言之有情"：这三句话是有逻辑递进关系的，僭越不得。

太容易就挣到的钱，会令人认知程度下降（包括对自我的认知），生存能力退化。保有一定的丧失感和饥饿感，人才有不断挑战未知世界的动力。

凡是坚持认为自己一定对的，不容别人辩驳，不是骗子，就是盗匪，或者，两者皆是。

对有些人来说，爱国主义实际上就是个人主义的另一种动听的借口。

文字既是信号，也是符号。信号，简要而达意。符号，精微而表情。

真正的聪明，是让对方觉得他（她）自己很聪明。总指责别人愚蠢的，才是真愚蠢。

所谓"不装"，就是敢承认"我不知道"、敢表达"我想尝试"。

人人都大讲"创业"的社会，肯定是有病了。

凡不能被表达的，才是最值得体会的，其余皆是手段。——有感于 VR、直播、网红……近来之风靡。

电视台被淘汰的原因是因为它放弃了最根本的媒体属性——公共性。不关注现实问题，使它丧失了其存在的价值。

无妨娱乐，切勿至死。

若深刻地理解了生活的本质就是一场悲剧，你马上就乐观了。

能说一口流利的废话，成为本时代混迹电视界的最重要本事！

偶得一句："纵有千种断魂散，难得一味疗心伤。"

如果从今不饮酒，是否从此无朋友？

爱情是对生殖基因的诗意描述。

不做无聊之事，怎遣有涯之生。

这是一个扒皮的时代，谁也别装。

活，就要活出彩。

每一个乡村教师的眼中，都流露出强烈的对知识的渴望！

尽管同情是一种美德，但"期盼同情"却是一件极愚蠢的事。

恐惧，苦难的制造者。

许多问题"不了了之"，就是"解决"。

现在，谁还愿意承认自己是"文艺青年"？

等咱哪天有钱了，每个手指上都戴这么大一和田玉的扳指儿，吓死你们!

能预料到结局的故事，都不是好故事，不过，"预料"的指向，却在一定程度上折射出了预料者的人性。——丹麦电影《狩猎》

但丁 45 岁开始写"神曲"，我 45 岁开始写"神经"。我连笔名都起好了：但白。

智者不言，言者不智。

谁是大擂主？反正……我这个主持人是做不了主。

莲者，怜也。在含"怜"字所有诗词歌赋中，我脑中蓦然便会跳出的，唯有一句："可怜无定河边骨，犹是春闺梦里人。"

我一直厌恶"知识分子"这个称呼，因为在这个话语体系的引导下，仿佛拥有知识的人，天然就与其他国民有隔阂，难道"人民群众"是指一群没有知识的笨蛋吗？

艺术，必定是去功利化的。你明白吗？

在微博上，说的话越来越少，是因为思考得越来越多。

票房高，并不能说明一部电影有么好，倒可能是凸显了观众的无脑。

媒体疯狂地消费着明星。

"人道主义"应该是一切生活的目的，而不能被看成只是一种手段。

10年前，我们欢呼：汽车，让生活半径扩展；10年后，我们慨叹：汽车，让生存空间局促。再过10年……

我厌恶一切"煞有介事"的表演。对各种"明星"及其狂热追随者，一直保持足够的警惕。

人老了，不愿再为学历而考试了，也不愿再参加任何锱铢必较的竞赛。

坚持秀下限，方能博上位。

很简单一句话：不追求收视率，就是在尽社会责任！

我反对微信收费。

关于移民问题，孔子用八个字就解释清楚了："危邦不入，乱邦不居"。

上海已步入类似北京的路面交通长期瘫痪的城市行列。

粉丝：人耽溺于微博的致幻剂。

许多人无条件支持苹果，只是因为实在太厌恶说苹果坏话的那个柿子而已。

Memory comes with emotion.
（记忆总伴随情感而来。）

电视这些年：唱歌，比赛唱歌，老比赛唱歌，比赛者再次比赛唱歌……唱老歌。

真正的强大与平和者，就是即使身处无人知晓的角落，做事依然"讲究"而不"将就"，并且忽视一切世俗所谓的胜败或褒贬，因为"竞争已经与我没有关系了"。

宽恕，也是心灵的自我救赎。

活到现在，我开始越来越相信"天谴"。

我们最不舍得放弃的，并非生命，而是傲慢与偏见。

若谈尊重生命，须先净化表达。

身体盛放灵魂，容器伤而魂魄散。

"不亏心"的潜台词一定是：自己吃大亏了。

新年随喜不逐波，粗茶淡饭总相和；知乐一生唯求慢，纵使蹉跎也放歌。

可以客观，但不中立；可以忍耐，但不放弃；可以宽容，但不受欺；可以面对挫败，但不能不奋起争取哪怕只有一丝希望的胜利。

阅读，也许不能帮助你发财、升官、或找到人生中理想的另一半，但恰好能帮助你找到你自己！……呵呵，这话是我说的。

羞愧，是基于良知尚存；但也有人为了消除羞愧，索性泯灭良知。哪一句话更适合你？

阅读是一件很个人化的事。我每周写一篇书评，不过是以此提醒自己"保持阅读习惯"罢了。

不要神化任何一个人，包括以"人性"的名义神化。

我从不相信有脱离了动物性的所谓纯粹人性。

年轻，就是用来试错的！

外表热闹，内心孤寂。谪仙醉卧，枭雄横槊，酒是最好的迷魂剂——骗了自己，也蒙了世界。

与其受难于人性末日，我倒更乐于接受世界末日。

人的精神意志只有两种选择：要么崩溃；要么开悟。

宽容亦是通向自由的必由之路。

无论选择的代价有多大，人们也不愿失去这种权利。

没有哪个舞台，能提供比生活这个大舞台更长久的表演时间。

真实哪怕再显得不好看，也远比矫饰的虚假的对人类有裨益。

存疑，是通向真理的第一站。

仗剑何愁运蹉跎，中流击桨浊浪多。霜催北雁无去意，岂奈羸马恐前辙。

一切狂热的表现基本上源于内心巨大的恐惧感。古今中外，莫不如此。

心怀悲悯，便是圣人！

"做戏，就一定会有穿帮的时候。"

除非涉及公共利益，我对私生活方面的新闻，一律不予评论，亦不纳入文章或节目的选题范畴。

设计的无趣，源于现在有趣的人、事、物太少了，而装腔作势的家伙……太多了！

厂家："就算我加的防腐剂超标，你吃了防腐剂会马上死啊？"顾客："我想不会。"厂家："那你害怕什么？"顾客："……"

学识不过如此，听者权作催眠。

所谓一个人有没有"文化",大概可以用四句话来表达：1. 植根于内心的修养；2. 无需提醒的自觉；3. 以约束为前提的自由；4. 时常为别人着想的善良。——梁晓声

美就在丑的旁边。

"眼看他起高楼，眼看他宴宾客，眼看他楼塌了……"孔尚任《桃花扇》这词真的很准。

下等人：没本事、有脾气；中等人：有本事、有脾气；上等人：有本事、没脾气。

"建设"是以公众为主体，"管理"是以行政为主体。遗憾的是，现实话语体系中，概念总是被偷换。

北京终于把自己建设成了一座巨大的停车场，爆肚。元芳，你怎么看？

感性的，不一定性感；性感的，大多很感性。

多做事，少怨伤；真性情，好文章；不获奖，又何妨？"诸事求精进，此心只清零。"——题赠吾友

道不同，不与言。逢毁誉，一笑矣。

请相信：无论快乐，抑或忧伤，都不会持续得太久。

哲学，不是学出来的，是活出来的。

为了掩盖这件事，你撒了一个谎，后面你需要用更多的谎去圆它……所以，自首吧。——电影《套利交易》

"造神"或"造星"的本质，就是不断地通过矮化、丑化大众，从而衬托出一个救星。

1. 盛名之下，其实难副。2. 急于求成，力必失衡。3. 烟花散尽，独留灰烬。

高速免费，便宜多贪，堵在路上，喜地欢天。

隐语连绵含深意，岂如好色赋一章。

什么都不想说，却什么都敢想。

成在独树一帜，败于随波逐流！

不能正视历史，必会扭曲现实。

要么娱乐至死，要么严肃速死，你选哪个？

电梯"关门"键为何磨损至此？一、心急火燎，一味追求快走。在中国，极少有乘客进厢后，是等电梯门自动关闭的。二、排他性强，极不愿与其他人共处一厢，自己进入后即关门。三、失误太多，按错楼层之后，当电梯在这层"轮空"时，拼命按揿"关门"……

"及时行乐"有何不对？

沉默不代表恐怖；但是，恐怖却往往从沉默开始。

最宝贵的事物，无法以金钱计，能用钱买到的，皆为贱货。

死前唯愿书作伴，身后无求忆于人。

永远别说"永远"，万物皆有改变。

对传播效果的偏执，令庸俗与平庸成为一种必然。

所谓"有才华"的人，就是能开发其他人才华的人，所以，你一定要同有才华的人在一起！

做社会公益项目，其实也像"谈恋爱"，激情来自于创意。无创意，少创新，恋爱便无持久力。

在宁夏博物馆我被一桌"满汉全席"震撼到了。荔枝，红枣，羊腿，腌肉……以及各种海鲜，引逗得人口水直流，可是，偏偏不能吃。你知道为什么吗？

常熟尚湖。朔夜寥阔烟波静，虞山不语伴我眠。此生已成青瓷碎，何必梦回美少年？

"敢同恶鬼争高下，不向霸王让寸分。江湖虽远皆有念，参商不近岂无情。"

"醉"不孤，必有邻。愿同饮，齐犯晕。弃冠冕，见童心。

多读书，少看电视。

偏执的人看不到真相。

语言上的暴徒，必为生活中的病奴。

情为何物不堪问，礼尚往来只人情。

平静于折磨，沉默于喧嚣，爆发于未知。

当你说出你怕的时候……你就已经输了。

时间，像一件穿上就脱不下来的拘束衣，神将其缓慢地勒紧，直到你的生命变形……窒息……然后以魂灵的方式"逃脱"。

窝里要横者，出外必怂。畏寇如鼠者，欺民必凶。

安静中，绝圣弃智。

表面风花雪月，内心剑拔弩张。

少废话，动手干！

文明，就是不断学习克制的过程。

酒醒不知身何处，星月照我竟无眠。

酒入愁肠断，相思总无眠。

人们似乎热爱自由，其实只是痛恨主子。——托克维尔：《旧制

度与大革命》

点亮一支蜡烛，比诅咒黑暗要有用得多。

一个知识不全的人可以用道德来弥补，而一个道德不全的人却难以用知识来弥补。——但丁

除了面包之外，教育是人民的第一需要。——摩洛哥国王哈桑二世

1. 谁也别学，做你自己；2. 少听读解，多看原文；3. 死便死了，无须贪生。

在对生理本能有着更多爱好的现代汉语中，"引力波"将成为赞美女性的一个高频词汇。

第二辑

随 想

如果你愿意思考并讨论一些复杂的问题，你就别再指望你会有"许多"朋友了。当"朋友"确实是需要门槛的。对于绝大多数的人来说，我恐怕算不上"朋友"，只不过是个"熟人"而已。

维特根斯坦说："我的语言的界限意味着我的世界的界限。"所以，我们只能说我们能说清楚的，而对于我们不能说清楚的，只能保持沉默。我认为，对于"人生的意义"就属于应保持沉默的范畴。

如果一定要不断地追问：生命有意义吗？那么，终极答案很简单：没有。虽然这世界一再强调：请不要浪费生命！但所有的现状，都指向了一个方向：生命，就是用来浪费的。

人终其一生，都无法界定什么是真正的"幸福"。快乐并不是幸福，因为这种乐逝去得太快，难以保存，而且，其存在必须以痛苦做衬托。所谓"幸福"，事实上是一种内心的安宁，即是对当下的认真感知与平静接受。

吴思先生今天说："时代知行者"称号，我受之有愧，因我一生中许多"行"都是以失败而告终。从"知易行难"，到"知难行易"，就像孔子所说，有人"生而知之"，有人"学而知之"，我属于"困而学之"，在"行困"与"知难"中，依然怀揣希望，想藉此探索到中国未来发展的方向……

而在晚宴开始前，我说了一段话，算是送给正历经"严寒"的"吴思"们：(《史记·孔子世家》)历史上孔子"一伙"曾被困于陈蔡之间，围困的武装力量如堵，师生又断粮数日，子路一脸愁容，问孔子："夫子之道至大，但不为世界所容，是不是我们错了？"另一个弟子子贡，是个商人，"讨价还价"是本能，他说："夫子何不损减一下我们所执着的道，以适应这个世界呢？"唯有孔子最欣赏的弟子颜渊的答案，更称老师之心：何必抱怨，夫子之道甚大，正因为不容于世，"方现君子"！……

所以孔子说："君子固穷，小人穷斯滥矣！"

20 年以前，我不喜欢举办或参加类似宴请、画展、生日派对之类"人际交流活动"；后来，我不喜欢拍摄照片。而现在，我连文字都懒得写了。

我常常在想一个问题："如果我落在 ISIS 手里，该怎么办……"
这也是我一直主张"人类不应该以意识形态制造仇恨"的理由。

我不是"学霸"，没读到硕士、博士、博士后，所以还保留了

"乱读书"的习性，虽然在学问上毫无造诣，但"好怀疑、不服从、尚自由"的习惯却已养成，只能凭着常识思考问题，故而浅薄、孤陋至极，实在无法理解某些人自我标榜的高尚情操。

忘了从哪儿曾看到一篇文章，说是根据德国动物学家霍斯特提出"鯪鱼理论"，可以得出如下结果："下属的悲剧，总是由领导一手造成的；下属觉得最没劲的事，就是正跟着一位最差劲的领导……"真巧，我现在就觉得没劲……

苏格拉底说："我只知道我不知道。"我认为，这种"无我"亦可被表述为：这个世界上的一切都不是属于"我的"，但我却可以通过辩识"不属于我的一切"而找到"我"。也许，这就是"我"活着的唯一意义吧。

擅长做粉饰工作的单位，员工从本单位的年度报告中，是看不到任何问题和"坏消息"的，以前我佩服写年度报告的那些人，而现在我更崇拜那些单位的领导了——他们明知下属那些所谓"好消息"，基本上都是在撒谎、自欺欺人，但领导依然幸福地咧着大嘴笑，那开心的样子啊……我连他们的直肠都看到了！

20年前，我曾经说了一句话：做节目"宁可有趣而不高尚，也不可高尚而无趣"，今天，面对太多的一点儿技术含量也没有的"搞笑"，冗长而又缺乏有效信息的号称"最有趣的脱口秀"，我又开始怀念那些不怎么让人发笑、但又真能打动人的表达了。

人是很容易忘乎所以的，特别是被人称为"主持人"之后，便着了相，似乎真能主持大局，无所不能了……这种习性，若不经被人遗忘的过程，是很难根除的。

凡能够打动人的，都不是理性，而是情绪——所以，我们终究还是"非理性动物"，说白了，就是动物！

我从不写文章回忆谁，主要是我不喜欢以这种特殊方式来美化自己。我不是"完人"，他们也不是——所谓完人，只能在文字里。所以，我若死了，也别写什么文章回忆我。任何事一旦走到"深情回忆"的状况，基本上就是死无对证的公然撒谎了。罗兰·巴特说"作者已死"，就意味着作者的作品一旦完成，就已经有了完整而鲜活的生命，能走多远走多远，与主创人员已没有半毛钱关系了……喜欢鸡蛋，何必知道这个蛋是哪一个母鸡下的？

我们之所以要真正地理解"人的复杂性"，就是为了让自己不对人或事抱太大幻想而最终被失望折磨，也不至于陷入"自以为是"的偏执陷阱，因为"自以为非"才是懂克制、不狂躁的前提，更重要的是，我们放弃了对他人动机、道德境界等没完没了的无效探讨，包括"爱、尊重、信任"这种根本搞不清边界，纯属自我感觉的玩意儿。比如：上海滩最著名的黑社会老大和慈善活动家，都可以集中在杜月笙一个人身上，你怎么解释？

我从来就不是表演型人格。

读书和锻炼，是一个人对抗衰朽、向死而生最好的选择。

我一直记得小时候受的教育："拿人家手短，吃人家嘴软。"

认错，认账，认栽……丢人吗？不丢人。恰恰是为了面子、死活"不认"才最愚蠢。

连续的 U 盘丢失、硬盘损坏之后，我竟然发现：我其实一直活在一种"亟待证明"的世界中。而这些瞬间消失的数字文件，不过是我们曾在这世上走过一遭的记录，它像生命、情感、名誉、金钱和地位本身一样无常，根本就不存在什么"不朽"，即便是你留在他人的记忆中的那点崇高抑或猥琐，最终还是会被时间冲刷得不着痕迹，就像你从来没有来过这世界一样。所以，生命就是体验的，不要寄希望于"留下什么"，你什么也留不住、也留不下。

金话筒"未获奖感言"：我不需要"金话筒"，我更希望在人群中，能作为一个普通人、理性并自由地发言。

看着电视，我直纳闷：自己怎么会当上主持人？……恨不得起个哄：下去吧！

在位之得意时，须思忖如何应对退位之寂寥。私奔之缠绵缱绻中，亦要考量情淡意冷后之伤逝。我经常在想：若今日我便宣布退休，接下来的日子，我该怎么度过呢？……

平生谨记范文澜先生的教诲："板凳需坐十年冷，文章不写半句空。"人这一辈子也就活那么长，哪儿有恁多闲功夫听你鸡一嘴、鸭一嘴地扯淡。

上午去上海五官科医院看病，路过淮海中路和黄陂南路交界处，见到一位很有意思的戴眼镜交警，他仿佛跟所有人都熟稔，表情丰富，动作张扬，奔来跑去，从不吝惜自己的敬礼……他给我最大的印象就是：干工作，就得学会自我找乐子。

人潮人海中，有你有我，相挤、相撞、相互乱摸；人潮人海中，是你是我，外表正派、内心龌龊；不必过分多说，你自己清楚：到底想要往哪站乘坐；不必在乎许多，更不必难过，终究你会变成一块肉夹馍……——《地铁之歌》

牙疼，其实是一种很"可贵"的疾病——它虽要不了你的命，但比许多要命的病更能考验人的意志；在持续的疼痛中，人会慢慢地回顾这一生中有多少争来斗去，到头来毫无意义，官职、金钱、一切享受和虚荣……比起一个健康的身心来说，全都无足轻重！

上海书展。我送给孩子一句话：珍惜生命不虚度，少看电视多看书。

参加论坛多了，发现发言者基本都有几大毛病：一、时间观念差，九成都超时。二、宏观大道理太多，具体内容少。三、总习惯性地自我炫耀，关键是与主题毫无关系。四、自己说完了就走，鲜有人能听完所有发言。五、没做 PPT 的经验，文字多于图片，甚至有人把稿子全打在 PPT 上照着念。

猜我在哪儿？答案：安徽池州九华山。今晚之山上，可谓游人寥落，我住在山上宾馆。空山新雨，梵音缭绕；浓雾氤氲，林岚漂浮……九华山，地藏菩萨道场也。地藏菩萨曾发大愿："地狱未空，誓不成佛；众生渡尽，方证菩提。"感佩之，心遂静。

清晨五点半，被延误一夜的航班，载着满机舱倦怠的乘客，终于抵达首都机场。我身后一浓妆女子打电话："喂，刚到。这架飞机太小了。还全是人！怎么那么多人！哎哟，那个味儿啊……我他妈都快吐了，实在受不了。恶心死了。"周围的乘客皆沉默着，面露羞惭，仿佛她是一位清早查栏的饲养员。

汶川地震的震源牛圈沟。我背后，就是山石垮落后被掩埋的山谷村庄，至今都能感受到死亡的气息。我向内步行了一公里多，破屋矗立，寂静得可怕。

向峨乡农民纯收入，汶川地震前人均4700余元，目前达到5100元。农村基础设施和农民居住条件大为改善；上海援建过程中，特别考虑到帮助当地农业实现集约化——猕猴桃、食用竹（笋）和厚朴已成主产，农民既可外出打工，亦可就职于当地农业企业。这位看林大妈告诉我，她月工资可拿到1200元。

都江堰柳街镇鹤鸣村。60岁的村党支书刘文祥和62岁的村主任、副书记余跃，向我详细解释了该村土地流转的经验。成都的城乡统筹、土地流转就是2008年4月从这个村子开始的，这个村子值得我们记住，中国农村的进一步改革，可能就是从土地产权的试水开始。重庆也这样做了……

我走进震源牛圈沟的深处，当时山河改变，整个村庄被埋在崩落的山石下。映秀一万多人殒命。7800多人被集体埋葬在漩口中学旁的一处山上，众亡魂可于此俯瞰重建家乡。但此地重建过程很不顺，去岁一场泥石流，令新居住区损失惨重，广东援建队为此又多留一年。次生灾害不稳定，灾后重建的速度需控制好。

水磨羌寨。这个3年前被震垮的羌族村寨，现在已经完全恢复了生机。成为了一个著名的旅游景点。街上的民宅外观维持了原来羌、藏族民居的特征，家家户户的住宅一层，都被改造成了门店。

由上海援建的向峨小学。全国唯一的全木结构学校，木材皆由加拿大政府无偿提供。陈建刚校长告诉我：设计可接纳 500 余名学生，目前 340 名学生就读且全部住宿，每月每人宿食标准仅 100 元，贫困生国家还每年补助 780 元，几近免费。但令人痛心的是，因为地震，该乡 12—18 岁生源出现断层，故向峨已无中学。

5 月 29 日下午，我在向峨乡的鹿池新村。经过城乡统筹、集体建设用地流转的安排，该乡已有十几个这样的农民集中居住区。该小区有 600 多人居住，村民实行自治，文明整洁——小区干净得地上连一个烟头都没有。目前，成都和都江堰两级财政每年财政拨付 20—30 万给每个自然村做村改经费，完善公共设施改造。

告别了南宁的阳光，又回到都江堰的雨中……中国目前有 2000 万左右的乡村医生，他们的处境远不如民办教师，甚至兽医都能享受到一部分财政补贴，但他们却没有。他们的身份是农民，文化水平低，无医师资格，却正承担着数亿农村和偏僻山区农民的基本医疗工作，我们淡忘这些"赤脚医生"确实太久了。

从宁波回上海。一路上见到不少从车内向外抛物的景象：烟头、可乐罐、塑胶瓶、食品包装袋……还有人扔出几张类似合同的完整纸张。司机叹了口气："这就是汽车的随地大小便。"话音未落，旁边一辆豪车里，便从前窗伸出一脑袋，"呸"地吐了口痰，车后窗亦开，只见这口痰飘将过去，并听里面"哎呀"一声……

在京，偷得浮生半日闲，去菖蒲河沿 9 号看原荣宝斋副总米景扬收藏的近现代名家书画，并听米老先生历数其爱。几百高人大作并列，委实震撼。吴昌硕、任伯年、齐白石、张大千、王雪涛、傅抱石等，古意盎然，皆可与之近语。吾尤喜刘继卣之父刘奎龄三四十年代所画之犬与孔雀，写功之细腻今不复矣。力荐之。

我 2008 年曾游历了几乎整个斯洛伐克，我很喜欢这个国家的淳朴的民风，优美的自然景观，对她真有感情。我为这个国家足球队的胜利高兴。

"世界这么大，我想去看看"，这句话流行之后，在各种版本的"接龙"中，据说、利用率最高的是"钱包这么小，你想去哪呢?"

浪漫主义就这样被现实主义一击即溃。

实际上，"看世界"的愿望与钱包大小真没关系。

六一儿童节，就让这个节日简单点，少一些成人世界那种自以为是吧。

"永葆童心"，基本是句空话，因为，人生就是一个成长变化、生老病死的过程，但是，不妨把它做为一个提醒："常德不离，复归于婴儿。"

汶川地震之后，地质稳定期可能要经历至少 10 年到 15 年，不宜过早在原址重建居住地和基础设施，极容易遭受洪水和泥石流侵害。

去年和今年的灾区频遭泥石流，便可证明这一点。

"电动车"绕不过去的三个坎——如果使用煤炭生产电力，能耗比使用汽油会更高、污染亦更严重。为令电动车可以充电，城市电网要进行改造，难度大，充电桩的建设和占地怎么解决？车辆电池寿命一般只有两年，后续处理的难度大。中国的核心技术掌握还很难令人满意，有人认为比亚迪的技术已属被淘汰之列。

"你有病，你肯定有病……我说你有病就有病，有病，就有危险，当然这是对我而言。"一个声音传来，"快点滚蛋，只要别在我的地盘上添乱，到哪儿添乱都行。"我现在听出来了，这厮姓深，深情的深。

微博打拐：1. 激发了民间的正义感和参与感；2. 迄今为止真正依靠"随手拍"而被解救的被拐者尚无几例；3. 网络打拐对于未成年人保护与法律和司法实践部分存在冲突；4. "立法禁乞"缺乏足够的法理支撑；5. 政府垄断福利救助机构的问题未得到破解；6. 公安执法激励机制不足。

上海电费之疑至少能得出：1. 网民自晒电费，将一种非正式的社会表达集合为汹涌民意，足见网络舆论之共振性巨大；2. 物价敏感亦可引发社会危机；3. 电力系统回应只强调"天冷导致电费上涨"的客观因素，缺乏管理反省和调查分析，导致信誉受损；4. 科普不力，致使"人为调高电压说"以讹传讹，徒增恐慌。

以前，春晚上讲出一句名言，能让全国人民笑传半年；现在，全国人民都讲了一年，春晚还抱着忘返留连……

都说放鞭炮能迎财神，此刻一片巨大的爆炸声正响彻城市的夜空，莫非财神兼做战神？必须从硝烟弥漫中走来才显出范儿？那打仗的日子里，大家岂不更发财？驱邪和迎祥竟都靠同一种手段，奇哉！说句良心话：我真觉得这种肆无忌惮地制造噪音、空气污染、遍地垃圾和增加伤害、火灾的"民俗"，确实算是个陋习。

群殴大概是一件挺过瘾的事，只要一个狠主挑了头，人人可以动手，而人人又不必负责，特别是群殴的对象，又是一个像唐博士这样著名的人。但我觉得，唐博士之所以敢这么干，绝对跟某种环境是合拍的，所以，别光盯着唐博士学位。

1. 无用未必皆美，但美必然无用。

2. 好编剧或好导演，永远不会让观众知道或猜到下一秒会发生什么。

3. "俱往矣"这三个字，实际上是一种人生态度，也就是说：一切现在的"合理"，终将被未来否定。

4. 如果结局并不完美，只能说明它一定不是结局……

人生四步曲——小时候，我被教育成要"解决问题"；长大了，随着生活中各种棘手问题的不断出现，手足无措的我认为"发现问题比解决问题更重要"；但现在，我却已经成为"制造问题"者；我相信过不了多久，我就是问题本身、而且注定"无解"。

1. 阎连科在香港书展上有一句话，特别打动我：不要再试图说服或改变七八十岁老人的思维了，我们所能做的，是要为下一代将生活在什么样的社会环境中而付出努力。

2. 任何事物都有两面性，就像人类企图使自己活得更久一些，便极力夸大端粒延长和端粒酶技术（乃至干细胞）的功效，但是却往往忽略了，延长端粒会导致它数量的减少，恶性肿瘤细胞同样具有高活性端粒酶——当人们通过这种方式追求"越活越久"的时候，罹患癌症的几率也大幅度上升……

何谓"扯淡"？一个历史虚无主义者，拼命地批判另一个人是历史虚无主义者，听众最后都成了历史虚脱主义者。

1. 做电视二十多年，我已厌恶了各种表演型人格。

2. 我对权力和钱，一直没有什么崇拜感，只有更警惕。

3. 我从不用怀念哪儿和谁的方式，以试图证明自己活着有价值。

4. 我相信，穿上衣服和脱了衣服的一个人，其实是两个人。

5. 死了，就和睡了一样，你既然不怕睡觉，何必害怕死亡？

"作为媒体人，我和人们没有距离，我就是众人中的一员，包括
那些贫贱的和侮辱的体验，都属于我正常生活的一部分；而作为思考
者，我又时刻需要和人群保持距离，从而让那些人云亦云的想法和应
酬中所达成的情谊，不至于影响到我理性的判断。"

　　散播仇恨和暴力的方式，就是一切言行都遵循"二元论"思路：
非敌即友，非黑即白，不是你死，就是我活……动辄站队分左右，将
一切事物"标签化"，而且习惯使用语言暴力（脏话）和身体暴力来
令自己获得"我是流氓我怕谁"的优越感。

　　"歇斯底里"的非理性，成了这个时代网络表达的基本特征。当
年罗伯斯庇尔所释放出来的民粹情绪，最终也将自己送上了所谓"人
民审判"的断头台。所以，在激烈的群体式运动面前，没有任何人能
保证自身是安全的。情绪化表达的最终结果，仅此而已，没有例外。

　　本次所谓"微博直播"，只不过是一种信息的选择性释放而已，
不出所料地"无内容"。该知道的，我们早就知道了；不该知道的，
我们永远都不知道。

　　自从有微博之后，"粉丝数量"会给人带来许多幻觉和错觉，但
你永远是个凡人，潮起也有潮落，出名亦会无名，至于成败，你根本
无须焦虑，死亡总会悄然降临，活着，所能做的，唯有尽一切可能，
传播你笃信的价值观和对价值的判断方法，至于人家听不听，不由你

说了算。

信仰，信用，信心，没了，真的全都没了。

喜阅读者，少焦躁，不伤人，知进退，有底线。

既然"科学"的精髓是坚持怀疑与实证，那么，凡不允许怀疑并无法接受验证的事物，都不属于科学，而属于忽悠。

北京人济山庄某住宅楼顶上的"别墅"，据说，是一个叫"奇经堂"的中医连锁机构创办人张必清所建。我瞬间对这个"机构"信任全无：违法，如果在企业高层眼里无所谓，那谁能保证，他的产品一定是合法的？

1.若批评不自由，则赞美无意义。2.批评不等于骂街。3.多提建设性的意见。4.承认自己的无知。5.不说空话和假话，若拿不准，宁可沉默观察。6.身体力行，行胜于言。

控制情绪，就是修养。因为情绪除了把事情弄得更糟之外，几乎一无是处。

丰子恺先生的《护生画集》初版于免费展览时遭窃，亲属不报警，发"灵魂讣告"希望偷盗者良心发现，自动归还。此位于上海陕西路之展馆，乃民办公助，经费绌蹙，无监控，吾友柳费国先生闻之，昨通过我与东方卫视希望提供监控设备护佑之，目前已接洽上，虽亡羊补牢，其善心可嘉。

许多所谓的错误，实际上是未获成功的尝试罢了。一个从来不犯什么错的人，在别人眼里似乎很稳健，但骨子里，他不过是个拖延症患者，习惯了在别人率先尝试而遭到失败后，讲些高瞻远瞩的总结，但自己绝不敢冒险犯难去做任何改变，所以，这样的人，也不可能有大作为。

北京"一日游"出现导游挥刀强迫游客购物一事，根据已获知信息，旅游委的结论也很简单：车是套牌车，不是正规旅游机构。这个答案实在无新意。实际上"一日游"恶名已十几年了，早已涉及"敲诈勒索"等治安刑事问题，岂是旅游行政部门可以整肃得了的？

第一次出访。一路上与各种官员吃饭，吃什么，没记住，全在讨论国内国际的大政方针。第二次出访，故地重游，一路上与一群极热衷美食的同事吃饭，餐桌上唯一的主题就是吃，都说什么，真忘了。

我是支持红十字会重查郭美美案的。对当前红十字会存在的诸多问题，理性、建设性地加以改进，比一味地辱骂、"打倒"，要有意义得多！

现代人习惯于沉浸在虚幻的影像世界中。我只是把拍照片的时间，更多用在了真实的体验上罢了。

慧能，时人蔑称"獦獠"，不识字，贩柴为业。偶于市中过一客舍，闻内诵《金刚经》中"应无所住而生其心"一句，顿悟。后成禅宗六祖。凡人皆有悟性，读书不必求全，一语亦可点化也！外不著相，内心不乱。

20 年前，一外国专家考察某厂，要求先参观职工食堂，看完说了句话："吃这样的饭，工人就不该干活儿。"少顷，参观了车间后，又对厂长撂下句话："干这样的活儿，就不该让工人吃饭。"

小时候看国产电影，印象最深的是：无论故事如何折腾，看得人多么血脉贲张……最后，就一个字：完。

对于雷锋多张照片拍摄者张峻 3 月 5 日在沈阳军区做报告时的猝死，我看到有不少人开玩笑说他"一语成谶"。我认为：死者为大，这样的"玩笑"太不厚道。

找骂，或者学术地描述为"激起部分公众的不适与愤怒并招致强烈谴责"，在注意力成为稀缺资源的今天，也是一种十分有效的营销手段。我只是不大愿意相信，竟然有人或组织，很乐于用这种损毁名誉的方式来赢得财务收入，但许多事实告诉我：与钱相比，名誉一文不名。

请马上背诵一首唐诗，别犹豫，1，2，3，开始……"王杨卢骆当时体，轻薄为文哂未休。尔曹身与名俱灭，不废江河万古流。"

社会的改进是渐进式的。"郭美美事件"对国内整个红十字运动的伤害是巨大的，但不能因此否定红十字的价值，特别是不能放弃人道主义的努力。这3年愿与谢委员等一同履行好"监督"的职责。

积极投身于狂热的群众运动的人，往往是一些现实生活的失意者，由于他们渴望逃离自我寻求重生，将生命托付给某项虚无飘渺的"神圣伟业"，这令他们感觉不错，整齐划一的集体行为令个人的责任、恐惧、无能得以掩埋。……在《狂热分子》一书中，埃里克·霍弗重点剖析了这种陷入狂热的乌合之众的人格。

这些极端的辱骂者，基本都是受雇用的"网络水军"，一个人操作几百个ID。我现在想知道的是：谁才是愿意为我出这笔钱的人？

现在微博上诈骗信息不少，比如"紧急寻人"。前两天，说北京某中学一学生失踪，留了个所谓的家长手机号，拜托大家帮着找、并与其联系，有做好事者，一打，才发现是个声控电话，被扣了好多钱！我一看，那号码，也压根儿就不是北京的。

人的烦恼，与在维持生计的过程中需要交往人的数量多少成正比，与自身内心需求的多寡成反比。关注内心多，外在烦恼少。

因为害怕被这个时代的海量信息抛弃，所以，我们无休止地遨游在互联网的信息海洋中，最后……淹死了。

写剧本和小说时，一旦完稿，它便如一个独立的生命，挣脱了我喂养怀抱的束缚，当年，我亦不愿对作品本身做任何解释。这个习惯坚持到今，也就是：对说过的话，做过的事，不做解释（其实，也没有人会真正在乎你的解释）。

所谓"迎财神"的鞭炮声连绵了一夜，凌晨两三点，竟还有人在居民区里燃放一万响的长鞭……这充分说明：为了钱，可以不顾一切。

人的每一次笑，总是需要无聊、忧愁乃至愤怒做铺垫，它本身也是下一次无聊，忧愁乃至愤怒的开始。所以，刻意的"搞笑"，不过是另一种形式的悲伤而已。

与其群发，不如不发；恕我少礼，概不复回。

今年春运共计 34.7 亿人次，其中铁路运送 2.25 亿，只占总人次6%（1% 则是乘飞机出行），逾 90% 的返乡或旅游者还是依靠公路运输。而因为天气原因和各种违法驾驶，每年公路交通都出现大量人员伤亡，今年也不例外，所以要想解决"春运难"问题，不能仅把目光盯在铁路上，还必须严格执法，让公路顺畅、安全起来。

研究战争史，残酷不忍卒读，但这就是对人类文明史中兼具社会破坏力和推动力的最大一部分，所以，若我置身沙场，恐怕也不得不正视这生死一瞬，抛开一切慈悲与美学，披坚执锐，杀人如麻，生存在此刻是第一要义，你不狠心，就没你什么事儿了。

用"甄嬛传"来形容收视率：新闻是皇后，没她不行，有她不用；娱乐是华妃，上场剽悍，下场凄惨；电视剧是甄嬛，在频繁的大起大落中，直捣黄龙。还有人说：纪录片是沈眉庄，清高孤傲但总在冷宫不得宠幸。但谁是皇上呢？

真正的信仰，你听不到，她不喧嚣；你看不见，她不炫耀。唯有在最黑暗的时候，你才会觉察到她沉默而又巨大的力量，充盈着整个生命体。我们知道自己一定会死，但关键是，我们绝不会被死亡所吓倒！

当你的思维总是用"二分法"来简单地划分世界或人群，你或许就已经失去了一半的生命体验。

在网上动辄"出言不逊"的人，我总是心存怜悯的：只能以嘴为排泄口，可见生活中已贫弱到何等地步。

· 媒体的任务是"预警"，而不是成天抒发"世界多美好"的感慨。

请教：所谓"自信"与"自以为是"有区别吗？自信是开放的心态，自以为是是封闭的心态，自信的人必定有一颗包容的心，自以为是则正好相反。

不管你愿意不愿意，人总是要退出历史舞台。无论你"上场"时怎样风光，关键是"下场如何"？成败，往往是到你"下场"时才见分晓。

问："我想问一个问题，关于……"答："请别问了，我什么也不知道。"问："你还不知道我要问什么呢。"答："反正，只要问题涉及关于，我都无法回答。"问："为什么？"答："因为……我从不认识关于。"问："是关于你的问题。"答："关于和我？我们之间确实没有任何关系，包括性关系。"

"犯罪必留迹。"纵使没有物理上的，亦必在心理上留下痕迹，令你或他人一辈子都难以抹去。将这句话，送给那些自以为凡事做得"天衣无缝"的贼。

每年逢年过节发一两条短信，但从未有机会（再）谋面，如此持续了十几年、甚至二十年，这样仅在手机中"存在"的朋友，你有几个？

在"创新"口号满天飞的时代，"坚持"远比"创新"更重要。

梵蒂冈的标志：圣彼得大教堂的半圆形屋顶，其实并非真正"半圆"，而是顶部向上拉升的"尖半圆"，它也开创了一个著名的建筑范式。当今世界，包括美国白宫在内的绝大多数半圆盖式建筑，基本皆滥觞于此！一点建议：去意大利旅行，有两个精华：佛罗伦萨的乌菲兹美术馆；罗马的梵蒂冈博物馆（含西斯廷教堂）。而且，参观每个馆都要至少留出三小时。

很多年前，我参与一个模式引进节目的创作。因版权方提供的样片讲法语，我们便请北外的一位资深法语教授来看片会现场口译。但屏幕内的主持人叽里咕噜说了十几分钟了，老教授却一直紧锁眉头、一语不发。二十分钟、三十分钟过去了，见我们实在忍不住、多次催问，教授才不屑地说："唉，空谈误国。"

Who am I——1.诚实地面对自己的内心；2.如果不能说真话，就保持沉默；3.养成换一个角度看问题的习惯；4.避免将自己置于舞台中心；5.强调逻辑；6.以最大的努力接近并关注细节；7.笔耕不辍……

交换名片后，一个突然冲对方愤恨地说："不撒谎，你会死啊？"而另一个也勃然大怒道："放屁，还不都是你逼我这么做！"我一下子懵了，搞不懂这二人是干什么的……你能猜到吗？在彼此进行了一番激烈的语言攻击之后，两人一起手拉手进厕所了。

上海，浦东大道某道口。大道最右侧为直行及右转车道。正值红灯，一小轿车线内停车，其后尾随的是辆大土方车，该车见前小车停，亦停，猛按喇叭不止，几秒后，突然踩油门右向行驶，一侧轱辘轧过绿化带，绕过小轿车向右疾转驶去。驾驶大车竟无视规则若此，可见事故频发乃必然也。

今晚，在电视台里的咖啡厅，我与两位同事谈到"电视叙事的暴力特征"。我忽然发现，这个提法新鲜得让我自己都像是挨了一记闷棍……

问：人为什么要做事？答：是为了找到活着的感觉。问：光做事不挣钱行吗？答：吃饭当然是为了活着，但活着仅是为了吃饭？问：不挣钱，不就没饭吃了？答：那你有饭吃了，为何还要去挣钱？问：为了吃得更好，不就能活得更有滋味？答：活的滋味如果全靠饭菜优劣衡量，饱食终日、无所事事的猪一定最幸福。

人这辈子，就是从一个失败走向另一个失败……直到成功。然后，再走向失败……所以，从来就没什么长盛不衰的好事！俺们既然活着，就得"输得起"！

狮子如果接受了鬣狗的挑战，鬣狗便从此获得了"与狮子决斗"的荣耀，而狮子若战胜了鬣狗，不过只是战胜了一只鬣狗而已，何足称道？所以，狮子若遇见狂吠叫阵的鬣狗，无须搭理，直接拉黑！

"礼貌"：您好！您最近怎么样？很忙吗？别太忙，要注意身体。钱是赚不完的，等到一蹬腿儿一闭眼，啥也带不走。什么时候，咱们坐下来吃个饭吧？我请客或者你请客不都一样嘛。那就你请吧，我最讨厌中国人瞎客套了！行，有空打电话！当然，我知道你也没空。再见。

真正的竞争精神，并不是以"消灭对手"为目的，而是恰要以强敌为师，不断地挑战自我思维的惯性、惰性。在某种意义上，违拗的强敌比顺从的密友更可贵。

中午借去书展接受"第一财经"采访之际，逛了一逛，买了6本书。我戴着墨镜时，反倒是容易不断地被人认出来。我听到有人在一旁小声嘀咕："看，连盲人都来参观书展了。"另一个回答道："扯淡，什么盲人啊？……盯住钱包，你小心啊！"

我一贯主张文字要便于读者轻松阅读，我不喜欢卖弄苦涩，故作高深。拧巴的人，大抵都不遭人"待见"，文字亦如是。

过于挑剔的人很难有幸福感，而不易有幸福感的人，即使是幸福就在身边也察觉不到，所以，如果按照逻辑上的"三段论"看，过于挑剔的人，鲜有幸福可言。再多说一句：任何幸福都难以恒久，而那种恨不得一次就捞到一辈子幸福的家伙，对不起，你此生幸福的概率几乎为零！

互联网帮助了一大批不擅长人际交流和不愿服从于提高交易成本的潜规则的技术专才拥有成为商业英雄的机会。

下雨天，打电话预订一出租车，下楼后竟发现开走了，保安说一女人谎称车是她叫的。待坐上车又值小区大门处两车碰擦，一奥迪车主索性堵住大门要物业来负责。此刻走过一群男女，女说："现在停车好难。"男很骄傲："我开车进这小区时说是接人，马上走，停四天后我对保安凶道'只停了一天'，结果只收我 5 元钱。"

"父亲节"快过完了，今日收到不少问候。上午出门，一群脏兮兮的小孩突然冲过来，抱着我的大腿叫"爸爸，过节好"，吓得我落荒而逃；下午有小女子见到我，娇滴滴地叫了声："干爹，过节好！"然后又羞赧地说："哦，对不起，我认错人了。"晚上，有人顺便又多问候了一下我爸他哥："你大爷的！过节好！"

年入不惑之后，我做评论，愈发像是工程师思维，更注重逻辑推理，最大限度地减少情绪化表达，而且语言更简洁，更力求精准。

"尔曹身与名俱灭，不废江河万古流。"……功名皆付粪土，爱恨尽入烟云，吾侪终有一死，遑计锱铢得失？

一周前，我朋友机动车内手机、电脑（内有信息、论文）、还有一幅价值不菲的名画被盗。警方侦破此案后，发现盗窃嫌疑人竟是一名孕妇，她还是"间歇性精神分裂症"患者。该孕妇不承认受团伙指使，并说已将东西"卖给收垃圾的人了"，而且不认识！……请问诸位，此问题有解乎？

快乐的时候？当然也是有的，然而我宁愿将痛苦视为，是因着在那苦难当中以所得的体验作为食粮，自己才生存到现在，往往在孤独与不安、一个人在都市里彷徨时，那样的感觉更明显而具体……——安藤忠雄

女儿要高考了。亲爱的孩子，祝愿你和像你一样青春年少的同学们。让自由的思想飞奔吧，谁也遏制不了你们与生俱来的创造力。你们不仅能赢得这场考试，更要赢得你们的整个人生！

夜宴。吾友法特曼·慧如即席吟唱《乐府诗集》之鼓吹曲辞："上邪。我欲与君相知，长命无绝衰。山无棱，江水为竭，冬雷震震

夏雨雪，天地合，乃敢与君绝。"歌声曼妙，众击节称好。但我以为"棱"实属"陵"之谬传，原意应为"山都平了"，而不该是"山连棱角都没了"，否则无法与"江水干涸了"句相配。

平庸最保险。希望家长们不要误读"平庸"与"平安"。"平安"是人性的追求，前提是注重群己权界和涉险行为的规则；"平庸"则是人格的硬伤，具体表现为缺乏自我认知，内心软弱，没有信念，随波逐流。以此语为儿童节作注！

伟大的人物总是难免被讽刺的箭矢所射中，侏儒则不必为此担忧。——海涅

二十多年前念大学期间，对我影响最大的三部小说：1.亚瑟·柯勒斯：《正午的黑暗》。2.威廉·戈尔丁：《蝇王》。3.米兰·昆德拉：《生命中不能承受之轻》。

有人问我："什么是成熟的标志？"我回答："就是你终于相信自己必将老去。"

《甄嬛传》把女人的这点心眼儿算是给写透了。

虽然当时我是"受命"主持，但渐渐我开始喜欢这些与青春作伴的时光了，有人说："你新闻人去娱乐大众干嘛？"我说："让老百姓

高兴，本身不丢人啊！我以善意待人，尽量提供有价值的社会信息和观点供您参考，您总不会揍我吧？"

当女人遭遇相声，说？还是不说？这是一个问题。说，因为喜欢，不说，因为局限。如果你是喜欢相声的女人，但家人不支持，业界有闲言，观众少认可，那你是说呢？还是坚持说呢？还是坚持说好呢？……关键是：女人，能说好相声吗？

某君：您是……我：我是骆新。某君：哦，对不起，我从来不看你的节目。我：谢谢，你不看就太好了！某君：别客气，不看你，是我应该做的！我：让您如此费心不看，真过意不去啊。某君：没关系，但确实要花些力气，见到你，我就必须换台。我：您好辛苦！某君：嗨，为人民服务嘛……（这是什么对话啊？）

2012 年 5 月 7 日，青岛小鱼山。1985 年夏天，山东一家教育报社曾邀请全国几位中学生作者来青岛旅游（美其名曰叫"笔会"），那是我这辈子第一次来青岛。旅游旺季，宾馆爆棚，我们住在"八大关"嘉峪关路的一所小学校。那年昼夜潮湿闷热，全无避暑之意境。唯清晨走出学校，才感觉苍翠欲滴的"八大关"真美！

群众对你的"忠诚"与"尊重"，一定是靠你长期的品牌树立"争取"过来的，从来都不是"迎合"出来的！凡迎合者，从一开始就输定了。

上海是中国最好的城市。城市化进程令人们更了解如何"降低交易成本，实现利益最大化"；在某些人眼里，上海人的算计或许显得有些"市侩气"，但比起许多阶层板结，动辄"拼爹"的地方，上海法治环境更好，竞争更讲规则，资源流动性强。所谓"算计"不过是一种尊重自由，厘清群己权利边界的姿态而已！

城市和人一样，能令"老者安之，朋友信之，少者怀之"必是"仁城"。对于上海而言，恐怕还要多增一句："女于斯乐其为女者"，也就是城市的大环境适于女性生活（包括参与社会事务），较为"人性化"。城市的安全性永远是第一位的，它是孕育信仰、财富和智慧的基础。

子夜。出电梯，突然看见"自己"孤零零地矗立在上视大厦大堂。也许在这一刻，特别容易看清我与喧嚣人群长期所保持的某种疏离感。

荨麻疹卷土重来。我发现，这就像是一场修炼，无奈、等待、试探，学会与痛苦和平相处……

喉咙肿痛不堪，饮食已困难，讲话更是折磨，还要连续几天硬挺着主持。停下来时，发现"沉默"竟是如此美好的一种享受。

林登先生，美国人。在云南大理喜洲乡将一座古典白族庭院"杨家院"承包经营为一家国际客栈,来往皆欧美旅游者。林登说:中国有很多宝贝级的古建筑,有效地保护利用,远比拆除它,重建一批西式宾馆酒店有意义得多!

大理三月街,我也去赶集。想起小时候,家长带着我去赶庙会,在滚滚人流中挤了大半天,大人们聚到一起,眉飞色舞说的都是自己看见的各式各样的食物和商品,然后,会问我有什么印象?我只好嗫嚅着答道:我看见了好多不一样的屁股。

"不支持我的,就等于反对我,就一定是我的敌人,必将痛歼之。"——这是某些"主义者"的逻辑。他们不明白,这个世界并不是"非敌即友、非黑即白、非此即彼",还存在大量的有待思考、观察、探讨的灰色区域,而人类文明的发展,无不仰赖于对多元化的理解与合作。凡是走极端者,往往也是朋友最少的人。

子夜零点,从上海开车赴福建惠安采访。竟遇大雪。温州段高速封闭,只得绕道金华。原预计十小时车程,如今看来已不止。风雪夜归人。

过度的伤害,会令人丧失信任,怀疑一切,再也无法享受彻底放松的感觉……

冥想或自我催眠的最终目的,或许只有一个:回到现世,感知现实，享受现在。既往已不可谏，来者亦不可追，何必惆怅不已？

随着自我道德的坍塌，人们对他人的信任感也在坍塌。极端的功利主义，让所谓的信仰或爱都成了赖以活命的借口。历史上连绵的饥荒和人祸，只能加剧人群的"优汰劣胜"：不食嗟来之食者不屈而死，不择手段的投机分子反倒大量存活……所以，即使你登了船，也只不过发现自己是置身于另一处更恶劣的人间地狱罢了。

阻止中国人心脑血管疾病的高发，除了限盐之外，更要提倡"全民限油"。与日本人的习惯相比（日本料理很少用油），中国人在餐食中滥用、超用油的现象十分严重。2010 年中国大豆进口 5462 万吨，因为食用油自给率已不足 50%。所以，这也是"地沟油"有市场的原因之一。

我一贯主张：传播要有效！传播无效，等于无聊。但传播的目的，不仅仅是为了吸引眼球，我必须让公正找到一个支点，让包容获得一片空间，让诚信得到一种认可，让责任赢得一份力量。让最普通的人也能找到心灵的依托，找到那份属于自己的幸福和尊严。我坚信，拥有价值观的传播，才是最有价值的传播……（今日获奖感言）

孔子曰："吾未见好德如好色者也。"此语或许包含三层意思：一、凡男人，皆好色。二、"吾未见"，夫子很隐晦地表示，我自己也做不到不好色。三、孔子此语，原是在子贡面前抱怨卫灵公的：讥讽灵公出行时，宁与妃子同坐第一辆车，却让孔子乘第三辆车。

东方卫视最早做新闻事件的大规模直播，即是从方宏进、谢力和我三人由京至沪开始的。"大丰麋鹿放养"正是卫视开播后的第一次野外直播。谢力总负责，我除了主持，当时还习惯兼做导演，摄像机位和移动线路还是我设计的呢……我喜欢导播张磊和我在片尾的处理：我说完结束语，转身向原野深处走去，风中的背影，酷极了！

人总在嘴上说凡事须"拿得起，放得下"，实则内心深处，并无一事可放下……直到这副臭皮囊躺下了，恐怕才是真放下了。

媒体上的 Show 与现实中的真诚，越来越无关了。自我营销混脸熟，假戏真唱博出位。你以为俺看不出来？只是，看出来……又能如何呢？

《解放日报》做专稿，就"公正"问题采访我两个多小时。我剖陈了自己对于政治制度和公众心态的分析，忽然觉得：我怎么像是一个马基雅维利式的政治幕僚……

夜静山空，人迹不至，捧书读之，真大乐趣。

我供职于上海广播电视台，但记者证上却写着上海电视台，部门是东方卫视，总却被叫做东方电视台，我不断解释"上海"、"东方"

俩台 10 年前就合并为 "SMG", 即上海文广新闻传媒集团了, 只是现在又改称上海东方传媒集团有限公司了, 而我所属板块, 还得加上娱乐二字: 上海东方娱乐传媒集团有限公司……我究竟是哪单位的?

如果以一个民族、一种宗教或一种道德规范的层面来定义进步, 很可能将年轻的尼采主义者演化为希特勒。如果以幸福程度来定义, 那么白痴比天才更幸福, 我们尊重的人更多是因其伟大, 而非幸福。所以, 杜特兰认为: 进步, 是人对生存环境控制力的增强。即通过思想和决心来控制混乱, 通过制度和意愿解决问题。

今天——2011 年 10 月 23 日, 是东方卫视(原上海卫视)改版播出八周年的日子。我来沪 8 年, 人生最好的时光, 都伺候这颗番茄了……

多晒阳光, 身心健康。窗外风光再美的办公室, 也是你灵魂的监狱。

独者, 喜独处, 甚少过从往来, 与人群始终保持距离之意也。

相声的生命力何在? 我只有一句话概括, 借用李白的诗: "安能摧眉折腰事权贵, 使我不得开心颜。"可惜……没有了……你懂吗?

我愿意将"缘分"看成是一种人与人之间、真正的"平等精神"

的体现，是终其一生很难遇到的平衡感。所谓的"珍惜缘分"，是指这种平衡感可能会被随时打破，但由于人们大都过分轻信"缘分"的牢固性，缺乏了珍惜之心，于是，"缘分"也就自然消散了。

"人闲桂花落，夜静春山空，月出惊山鸟，时鸣春涧中。"王维的《鸟鸣涧》，意境妙极。深夜试问：你最喜欢哪首古诗词？

节目中广告太多，不仅伤了节目效果，也伤了广告效果。不是吗？

表演愈拙劣，所谓的粉丝就愈疯狂，在充满诚意的"起哄架秧子"中，拥趸们帮助表演者迅速地滑向失控，直至出丑……

《东方直播室》是东方卫视黄金档目前唯一的新闻谈话栏目。真实，乃是新闻的核心。节目中出现的所有当事人，俱是真实的人物。鉴于许多观众向我提问，我作为首席记者，有必要在此郑重说明。如当事人在节目中所陈述之事实，有与您所了解的实际情况不符之处，我们也以开放的态度欢迎您给予公开指正、补充。

限制机动车上牌，北京"摇号"与上海"拍卖"相比，谁更有利于公平？答案可寻求于两地的牌照黑市。上海通过黑市拿到车牌的价格，比正规拍卖多出一万左右；北京虽号称拿牌不收费，但行政之控制，依然会被金钱或关系打通，只是需走更多环节，贿赂成本更高，北京黑市的一张牌照，8 月份 8 万，9 月份之价格已高达 10 万元。

"9·11" 十周年纪念，纽约爱乐乐团将由吉尔伯特指挥，在当地时间 9 月 10 日晚上于费舍尔音乐厅演奏马勒第二交响曲以兹纪念。并委约作曲家克里利亚诺专门创作交响曲，于 9 月底上演。我不知道，为什么中国的艺术家不能为"汶川地震"这样的人类巨灾创作一部有力度的交响曲？

2004 年世界遗产大会在苏州召开，我在"刺绣研究所"管辖的环秀山庄，做了一场直播。该山庄也是"世遗"，假山还是大师石涛所叠！近赴苏州，本想选看一下刺绣和丝绸，却被人告知：苏州之丝绸，现已远不如杭州，而杭州之丝绸，亦不如国外，当今世界，丝绸制品无论工艺还是设计，最好的是意大利！我无语。

录像，录到筋疲力竭，再深刻的话也快说尽了！

对于收视率与广告指标……我也感到很无奈！

音乐剧 *Mary Poppins*。在悉尼 Capitol Theatre 看了一场，我的票是二楼第三排最侧的座位，115 澳元，愣是座无虚席！好戏，主要是演员见功夫，估计在中国目前还找不到这样的演员呢。

柔软的生活，令人更多地享受到进退裕如的自由，但亦丧失了背水一战的决心；平添了许多无病呻吟的敏感，磨灭了初生牛犊的钝劲。

与其装腔做势地掩盖谎言，不如嬉皮笑脸地袒露真实……在某类游戏的规则下，谁想玩真的，谁就先得被折磨死，所以，玩世不恭，寻欢至死，也就成了一种存活的必然选择。

生前身后事茫茫，欲话前因恐断肠，吴越江山寻已遍，却回烟棹上瞿塘。禅诗一首……早安。

今天，主持上海新闻界的表彰活动，冒出一句话："传播无效，等于无聊。"台下众皆会心，笑。

失眠。在《东方夜新闻》做了三周评论，终于发现，身体有些支撑不住了。所以，今天的这篇评论，算是暂时的"收官"。从下周起，骆新在电视上的"深夜发言"要跟您小别一段时间了……不过，我依然是一名电视记者和新闻评论员。我在《东方直播室》、《百里挑一》的主持还将继续……

我们越是接近事物的起源，事物对于我们就越是变得兴味索然。所以，尼采还说：上帝死了，要重新评价一切。

我们对生活的想象，越来越趋向于吕克·贝松式的蒙太奇：干脆、利索到几乎没有任何冗余；而真实的日子，却永远如小津安二郎式的长镜头，不管你愿意不愿意，任何旮旯里的细节，都在漫无目的的游走中被尽收眼底……

我们都认为，自己的价值在于能被别人记住，但别人恰恰最善于遗忘。

头发被称做"烦恼丝"。大概源于李白的一句诗："白发三千丈，缘愁似个长。"古人将发辫剪下一绺赠人，盖取音"思"，实则寄"愁"矣！小理发店偏偏不解风情，放高晓松写的歌，那句"谁把你的长发盘起，谁为你做的嫁衣"，此刻听来，别有一番滋味在心头。——记一次理发

美国士兵守则：你不是超人；若一个蠢办法有效，那它就不蠢；别太显眼，你将是攻击目标；别和比你胆大的战友躲在同一个散兵坑；所有5秒的手榴弹引线都会在3秒内烧完；重要的事总是简单；好走的路总布满地雷；曳光弹能帮你找到敌人也能帮敌人找到你；当防守严密到敌人攻不进时，你自己可能也打不出去……守则里还有一条：简单的事也是最难的。还有几条：别忘了，承包商是以最低价中标而造了你手中的武器；打过来子弹才是老大；你啥都不做，也可能挨枪子儿；尽量显得你不重要，因为敌人的子弹快打光了；若你多报战功，下次你一定会被委以力所不逮的任务；必须组合使用的武器一般都不会一块运来……

倘不是因为惧怕不可知的死后，惧怕那从来不曾有一个旅人回来过的神秘之国……是它迷惑了人的意志，使我们宁愿忍受目前的折磨，不敢向那所不知道的痛苦飞去，如此重重顾虑，使我们全变成了懦夫，决心的赤热的光彩，被审慎的思维盖上了一层灰色，伟大的事业在这种考虑之下，也会逆流而退，失去了行动的意义。（《哈姆雷特》。清晨，突然想起这 24 年前曾背下的台词，便大声地将它吟诵出来……）

2005 年，我奉命做一档周播的访问节目，没料到它竟成为我主持生涯中持续时间最长的栏目——五年多从未间断一期。只是收视率不高，我"下课"，它改造矣。前天，袁雪芬大师过世，我发现她生前最后一次长访谈，正是我做的。有些人或事也许天生就是寂寞的。但总会有显示其无可替代的重要性的那一刻到来。

"不要恨，恨会使你失去判断力！"——电影《教父》
亦不要爱，许多恨，皆源于爱却不可得，于是因爱生恨，宁肯毁坏掉世界。

一友举办"纪念结婚十周年"宴会。另一友却在同一时间、搞"纪念离婚十周年"酒会，都邀请你参加，去哪个？

新年第一天，应该赞美一下环卫工人，整座城市就像是没有放过鞭炮。我们一夜制造的乱象，几乎被清理一空。秩序，不靠呐喊与喧哗，而是靠默默的劳作而恢复并坚守的。

整座城市，忽然从极度癫狂的状态，一下子陷入寂静。无数张床承载着无数昏睡的躯体，此起彼伏的鼾声如春晚一样热闹，而休眠的大脑也如春晚一样空虚。此刻醒着，会有种巨大的恐惧和无力感，会觉得时间正慢慢地收紧勒在脖子上的绳索，让人在不知不觉中窒息，一年又一年。我仿佛能听见身体凋零的声音……

放"虎"归山非我意，怀"兔"揽月乃君为——瞎编了一副对联，短信群发作拜年之用。自鸣得意不久，便发觉此联格调低下：颇有逃避责任，凡事推诿的官僚作风……

几年前，某明星对我信誓旦旦："我是有原则的，坚决不拍广告。"我对其仰慕之情，顿时如滔滔江水……今日，伊竟连洗脚屋广告都接了。看来，人们皆有可能背叛自己所谓的"原则"、"信念"，关键在于，收买他（她）的价格，是否足以使其动心……

什么事儿，都得讲究个适度。"关爱"没问题；但一旦变成"关爱有加"，就往往成了问题。所以，有"加害"而无"加爱"，加爵、加薪等等，就是这么走上不归路的。

偶有所感，作打油诗一首：口念弥陀人为本，袈裟世传我唯尊；

钵内有食尽独享，庙外无佛不守根。神州放眼皆逐利，岂可方便与他人？远来和尚非善主，关门闭眼自养神。

极简版元旦献词：年复一年，生命老去。"快乐"无据，"惊惧"有加。明年今日，莫知所之。惜此朝夕，勿愧平生。

崔健顽强地与某些希望人们坐下来像欣赏交响乐一样欣赏崔式摇滚的力量推搡着，并且他"不怀好意"地请14个女观众上台以壮己之声威。台下的人们终于都站起来了……唱什么不重要了，关键是我能不能以自己喜欢的方式听。崔的乐队仍然以刘元艾迪张永光等人组成，20年辛苦遭逢，老到至极。

我们需要锲而不舍地追寻真相。但这个社会，不能连"等待一个解释和结果"都要如此大费周章！

"敏感"众多，昭示了"脱敏"治疗是何等的急迫与艰难。"敏感"的反义词，应该是"麻木"，如果禁止了敏感，岂不就意味着人活着越麻木越好？

SMG 我认识的人里，我觉得特别有文化追求的就俩人：王韧老师，孙孟晋老师。通过文字就能看出来，这俩人在精神追求领域的卓尔不凡。其余的像我之类，都是为了被招安、而故作反叛状，骨子里算不上文化人。

今天在上海交大闵行校区采访。此校区占地五千余亩，面积之大，令人瞠目。正值国庆，校内清冷。名曰"交通"，但交通建筑标志含混，常令人迷途不知返也。良田变身校园，培养人才庄稼，高产乎？然也。优质乎？存疑。教师皆住市内，留上万学生于此隔绝之地，专注于学问，真算是"反三俗"之典范。

正在青岛机场准备飞上海。我第一次给大学辩论会的初赛做评委，两天八场听下来，感觉学生们的许多状态，依然跟 20 年前一样：语气语调，手势姿态，甚至，连"重诡辩而轻事理"的方法也如出一辙。我觉得有些悲哀，为辩而辩，孰若为现实生活中的现实问题而辩？苏格拉底曾感叹说：我穷尽自己一生的时间，才知道，我自己有多么的无知！亦即"我知道我不知道"。 表达能力对于人来说确实重要，无论母语表达、外语表达、文本表达、艺术表达……四门功课都好的，肯定成功几率高。但为什么而表达？这个问题则更重要，这一点，许多人都没搞清楚，所以，流利的废话就成了这个社会最不缺少的东西。

记得小时候，睡之前，妈妈总会说：快点睡吧，长眠就是幸福。长大了些，觉得这话真别扭——鬼才愿意"长眠"呢！可活到现在，才发现这话没错，"人活着，其实比死更艰难"——这话我以前说过。快点睡吧，别扯淡了。这个要命的九一八！

上海气象部门真神。昨晚他预报说："台风来了!"结果今儿一上午阳光普照，很多人以为是开玩笑；于是到了下午他又说："报告大家一个好消息，台风仅仅是擦了个边儿，走了！"可是一入傍晚，整个上海就分明感受到台风的威力——大雨倾盆，电闪雷鸣……我丝毫没有责怪气象部门的意思。与地震预测相比，他们的准确率算高的，而且还从不放狠话，说什么"全球地震预测都测不出来"；与某些政府部门一贯说话不算话相比，气象部门出尔反尔的频率算极低极低的。

在人群中生活，每个人都在努力获取更多的资源——这种势能，也决定了人际间的亲疏远近与爱恨情仇。但是，在我们拼命攫取的各种社会资源中，什么资源、才是重要的资源呢？——各位，有答案吗？这时候有必要给出我的答案——思想！当然，需要行动——是在思想的指导下的行动！

你不说我，我不说你；你若说我，我必说你；争是论非，恐伤和气；眉来眼去，有情有义；天下一家，莫分南北；心存贰念，不是东西；四大皆空，福禄寿喜；六根清净，酒色财气；饮食男女，顺乎天理；正人君子，言必曰利；王臣率土，群氓皆屁；何足道哉，伏维尚飨！

国内民航误点严重，除了天气因素之外，有一个重要的说辞，就是"空中管制"。民航信息到了这一层，就全成"黑箱"，不准说，也问不到。我曾被延误过近六小时，没人提赔偿的事儿。因为航空公司的解释很有趣：除了什么什么原因之外，才给予赔偿。您一看到那些所谓的"不可抗力"原因，说不定会仰天长啸：这哪里是赔偿条例，分明是几乎不赔偿条例……因为连飞机故障，人家都能免责。

今天上海 40 度高温，我去了世博会浦西园区日本产业馆内、被人称作"最昂贵"的餐厅——料亭紫。五间包房，怀石料理，服务极佳。创建它的是日本著名调味料公司 Kikkoman（龟甲万）株式会社。该公司世博会负责人深泽晴彦跟我说：即便是一个人 3000 元的价格，也并不赚钱，因为建筑、人工和食材费均投入巨大。该餐厅需提前预约，据称不少客户已约到 10 月份。院内有日式亲水庭院，伴随就餐时音乐，水雾飘渺，一棵松树亦从日本运来，上海炎热，此树已换至第三棵。深泽晴彦说：我每天清早均给此树浇水，对她说——让我们一起努力，给每个客人有愉快的体验。这就是 kikkoman 手笔，不显山露水，但于精细中见企业精神。我曾与普利司通、夏普等企业的中国区总负责人交流过，希望了解他们的品牌营销策略。我发现，日本企业与中国企业最大的区别，是它十分在意"尊敬感"和"信赖度"，而不是宽泛的"知晓度"。在这家料理店，您几乎找不到任何 kikkoman 的品牌和标识，故而我不理解，kikkoman 为什么要"赔本赚吆喝"？……

今天，去世博园可口可乐企业馆采访，馆长李一川竟然是我二十多年前在北京市中学生通讯社当社长时的师妹。目前，我们这帮人

"流落"在上海的还有第一财经频道的总监谢力（他2003年与我一起来加盟东方卫视）、ELLE的总编辑晓雪、还有王薇……大家应该以学通社的名义搞个小聚会，不知还有没有？

梅雨一过，上海进入到干热阶段。这两日我在世博园里行走，体感要好很多了，至少有风，背阴处的温度，也明显比阳光下低——不像前段时间、人完全处在"蒸包子"的环境中。现在太阳落山了，整个城市也慢慢变凉……估计最多20天，酷暑也就过去了。因为这一个多月，我几乎每天都要在世博园里走啊走啊！闷热不堪、暴雨如注，我都赶上了。从各个门口走进去，就是很长一段距离。最糗的一次是在法国馆做论坛，我抱着西服，在暴晒下足足走了20分钟，到会场浑身透湿！用自己身体皮肤来感受这个夏天，远比用温度计感受夏天更直接！你还真别说，前10天我亲身感受过：背阴处跟外面的温度都差不多，然阳光还能帮你汗液蒸发，但背阴处那种溽热的蒸桑拿的感觉，更难受！

谁也不愿意被归类，所以某些评论，总会让不少人一下子火冒三丈；但遗憾的是，按照统计学的原理，在对世界上事物的语言描述上，我们只能接受自己"属于哪一类"的事实。而适时地反思一下自己，总比猛烈的反弹、拒绝、进而抨击他人对自己更有收益！

每次看球，我更愿意将目光凝视在失败的一方，阿根廷人的哭泣，老马的黯然神伤与随后的宣布辞职，都令人心颤。足球，是人类最文明的战争，它在不伤害生命的前提下、将输赢两方的感情，同时呈现在你面前。在这一刻，人才是具体的，而不是抽象的。

我这两天在世博园的采访，算是体验了水深火热：昨挨雨淋，今捱酷热。非洲联合馆里游人坐了满地，吃喝打牌俨然像火车站候车大厅。但仔细想，也真没办法，走得太累，排队太长，烈日当头，我中午从后滩出口走到打出租车处，浑身湿透，那还真不如此地孵空调。

近来想重新找个好老师，把扔了快20年的英语再拣起来。否则采访起来真费劲！

四十好几了，不知道还行不行。有愿意抽点空、教教俺的吗？人之一生，不如意者十有八九，有的事情，你再努力也未见得有收获。它取决于各种机缘巧合，没机会就是没机会，但我一直觉得，有两件事情，只要你努力，就必有收获：一个是锻炼身体，另一个就是学习。

某君，事业单位小头目。尝数次遭窃贼光顾，郁闷至极，恨不得生啖贼肉。与余语多次，痛斥人心之贼性。一日开会，有公司递呈招标方案，某君阅后曰："方案不咋的，等几日给你答复。"待客出屋后，速转头对手下说："此方案你稍加改动，我们就照此自己做了。"再叮嘱之："别告诉他，否则会说我们偷！"

孩子将来面对的世界，也是我们留下来的，所以，还要问我们自己，能不能从现在开始就保持诚实的态度！其实，现实中所有貌似强大的、充满虚伪和狡诈的恶势力，在真实面前，都不堪一击。毛泽东一句话还是有道理的："一切反动派，都是纸老虎！"

看世界杯，就是看男人所有力量美感的总爆发！

我家楼下，有一保安，身体不好，月薪960，家中贫困，妻子下岗。拿到上海市政府发的"世博大礼包"，内含一张"门票"，很激动，他又买两张票（老年人一张半价），择日带妻与老母去园区参观，天酷热，30余度，人多，排队三小时，母亲几乎晕倒，最后只好一起回家……此事听闻，我心里很不是滋味。

张悟本终于被迅速地清除出中医队伍了，这个食疗爱好者估计跟绿豆炒家合谋推涨绿豆价格，被蒜商嫉恨，于是联手装蒜、装洋蒜、装大头蒜等，合伙干掉他。下一个神医大概就该主推大蒜了。

老友张军，协同谭盾、黄豆豆等人，在青浦朱家角的古宅课植园内，搞了个实景昆曲《牡丹亭》。今日我去看了。剧长75分钟，意境很美。我是学戏剧的，还专门研究过《牡丹亭》，但必须得承认，如果不看字幕，那些汤显祖五百年前写出来的美妙词语，我也很难听懂……

现在想说一句"儿童节快乐"，真是难呀！因为儿童们正被繁重的学业所压，被社会上严重的攀比心态所影响，亦被许多无知而又粗暴的家长们当成"伪劣教育实践"的工具，本身并无多少快乐可言。他们不快乐，是基于成人的不快乐，成人世界的不快乐，怎么可能保证儿童肯定快乐呢？欲让儿童快乐，先得从成人们的快乐做起。

由于工作的原因，加之又是政协委员，我家一共订了 17 份报纸（大概 14 份是日报，5 份属于公检法或工青妇的机关报），每日的报箱都塞不下。但是，仔细看看这些报纸，内容皆大同小异，废话占 70%，观点又暧昧不清。我觉得自己好作孽：消耗这么多纸张，何必呢？转变增长方式，得先从报纸不说废话开始！

对于许多人而言，活着比死更艰难。我虽然没什么本事，但愿意现在去广东，为富士康其余的员工当一回志愿者，哪怕仅仅是坐下来谈谈心、做点儿心理疏导工作也可以。不要做这样无谓的死亡，这个社会，还等着我们去改变呢！

去某学院采访时，听到校长对教师训话："学术无禁忌，说话有纪律。"我深感此语有趣——到底是"有禁忌"还是"无禁忌"呢？学术问题，如果不表达出来，那还算是学术问题吗？校长不妨把话讲得再直白一点："你可以乱想，绝不可胡说。"这样更靠谱。

刚才采访了世博会工程部（现在为设施与环境管理部）的部长席群峰。我了解到：世博园区工程，能够在各种困难条件的制约下按时完成，他们付出了相当巨大的努力。应该向这些忠于职守的人致敬！不管世博会现在受到何种评论，但有一点是不容置疑的：中国人的勤奋和责任感，是有能力创造奇迹的。

见识一下，什么叫"断章取义"——庄子尝曰："吾生也有涯，而知也无涯，以有涯逐无涯，殆矣！"我上中学时，老师将"殆矣"二字略去，此语竟成励志名言。

革命养成的习惯，就是动不动要搞"人海战术"。但前提乃是追随者们愿意放弃自己的个性和某些生物需求，干脆就去充当"人海"。人海之中，不是没有尊严，但那一定是人海（集体）的"尊严"，而不是个人的，沉浸在一片人海中的个人，等于零。我认为，志愿者不能像被政府或者商业机构，视为理所当然的一种廉价劳动力，更不能以当上志愿者为由，搞歧视性遴选，为什么大型展会的志愿者，都必须是高学历的年轻人呢？志愿者本身的自发性到哪里去了？

哀悼裘沛然先生。我2008年笔记：裘老的宁波（慈溪）口音很重，但访谈时思维十分清晰……临别时，他赠我刚完成不久的新作《人学散墨》。对我说："医者，意也。其实人的许多病患，皆源自于心，心好了，病也除了，焉用医？"……他坚持一直要把我送出门外。车走了一段，我回望他，依然站在原地，向我挥手。昨天胡展奋兄打电话告诉我，在上海最具盛名的中医大家裘沛然先生仙逝了，予深悼之！去年《走近他们》年度人物颁奖典礼时，我曾问他，明年世博会您来看吗？他说一定。

文人与企业家的区别之一，文人更愿意用宏大叙事的方式来提出一个立意，而做实业的人则愿意将大命题分解为无数可被实现的任务。有高层认为要学习张居正，用循吏而不用清流之原因吧。文人之大立意不差，但易受质疑，稍遇挫折，往往心灰意冷，满腹怨言。这一点企业家因将任务分解，东方不亮西方亮，故往往有功，这种脚踏实地，不屈不挠的精神，难道不值得我等所谓文人学习吗？明代清流甚众，以舆论制权力，以清议博清名。但未能挽倾颓于既倒。居正喜用循吏，不言而成蹊，乃登能人政治之巅峰。但居正身后却惨遭剧祸，循者皆反，故政重来。宜深思之……

你不说我，我不说你；你若说我，我必说你；争是论非，恐伤和气；眉来眼去，有情有义；天下一家，莫分南北；心存贰念，不是东西；四大皆空，福禄寿喜；六根清净，酒色财气；饮食男女，顺乎天理；正人君子，言必曰利；王臣率土，群氓皆屁；何足道哉，伏维尚飨！

郑渊洁曾言："1985年《童话大王》创刊前，我和父亲、妹妹有段对话。父：'你能坚持3年吗？'我：'您在3后边加个0。'妹：'30年！大哥，你没学历啊。'我：'我有毅力。'妹：'要是又有学历又有毅力就好了。'我：'学历和毅力大多呈反比关系。'现在，我已经一个人把《童话大王》半月刊写了 25 年，售出 1 亿多本。"

我对郑老大一直很佩服的地方，就在于他"独持偏见、一意孤行"的勇气和毅力。皮皮鲁和鲁西西，舒克和贝塔等故事，可不是只写给小孩子们看的，许多东西，其实还算是"成人童话"——只是需要我们用心去体味呢！我忘了是谁曾说过一句话：阅读，可能不会给你带来什么直接的利益，但是，它却能让你慢慢成为（找到）你自己。我想，把"阅读"改成"写作"，这个命题也一样成立吧！

吃什么不重要，用什么形式吃、才最重要！这大概就是"活"与"生活"的区别吧！

《大兵小将》，我觉得是近来国产电影中很不错的一部！有看头。但就编剧的角度上讲，那位由韩国人扮演的梁王公子之自杀，有点太牵强——此人前半部还草菅人命、滥杀无辜，而无任何"心软"表现，后半部却被计春华扮演的武反复说成"心太软"，而且此弑父害兄之人，竟能为"尊严"而选择自裁，太不可思议。

我的老朋友、全国政协常委葛剑雄先生昨天跟我聊天时，谈到"大学去行政化问题"，他突然问我一句：媒体这么热衷于"去行政化"的鼓与呼，那么，媒体本身要不要也去行政化呢？能去行政化吗？

从概率的角度上讲：抽烟，对健康的伤害，肯定比不抽烟的要大，对此没什么可争议的。但智商是否会因此降低，我不敢肯定。不过，智商高的人真未见得比智商低一点的人，做出成就的机会就多，因为智商太高，容易敏感，行事上聪明反被聪明误；若能降低点智商，简单、执着甚至愚蠢，在社会上反倒能干成大事。

　　看上海某笑星的节目，我之所以感觉并不好笑，原因在于，他的表达，总是在嘲讽别人而缺乏自嘲，总是在用一种不合时宜的笑话（比如："你说话水平这么高，至少是副处级干部吧？如果你不是，那就是领导看走了眼"）传达一种庸俗价值观而自损尊严。上海电视如果总恋恋不舍这类"欢笑"，实在是自降格调！他的源自草根的戏谑感没有了，表演得很吃力。其实这个样式十几年来一直有人在尝试——即美国的大卫·莱特曼深夜谈话节目。很早时那威在北京做过，效果好但未能持续，李咏亦改造过，现在是周立波。这类节目除了要靠主持人的魅力，更多则是要靠一个宽松的舆论环境，我们不该拿狭隘的心态来看待一个人的走红。但是，每个人都有自己的价值观和审美标准，任何观感也都是个人化的，每个媒体人自身也是独立的个体，有些话也需要正常地、顺畅地表达。既要走红、又不想接受任何批评，就像是一个人走在雨中、又期望不被雨所淋到一样不可能。

　　某演员上不上"春晚"，纯属他自己的选择和自由，但拜托我们这些他的乡党们，不要总是说：某某只能是我们上海的，而不属于全国。这简直是混账逻辑——照这种说法，苏州评弹、浙江越剧、甚至由昆腔、弋阳腔和徽调、汉调杂交而成的京剧，根本就不该存在于江湖，各自生长于乡里，终老其一生，不就得了？

虎年快到了，到处都是"龙腾虎跃、虎虎生威"的吉祥话，听得多了，也有些腻歪了。

上海大光明电影院装修后，原来老年人免费观影券不能用了。经理说我们是星级影院，很多拿免费券来换票的老年人素质低损害观影环境，我宁可办白领免费场。

第三辑

人　生

我

必须承认：我老了。

20 年前，算命，得一诗："此命生来颇不同，为人能干异凡庸。中年自有逍遥福，不比前时运未通。"

我小学时，老师出题：一件好事。某同学写道：一天我沿着火车道散步，突然见铁轨上有一块石头，这时火车飞快开来。我知道火车压上石头就会出轨翻车。此刻，我脑海里浮现出许多革命前辈的光辉形象，在车将要翻倒的千钧一发之际，我奋不顾身上前一推……列车终于回到轨道。望着远去的火车，我笑了。

坐下来，想喝杯茶，竟睡去了。梦见自己回到 1976 年的北京，一场大雪之后，纵横交错的胡同，仿佛是白纸上的书法。你站在空无一人的大院里，对我说："这些年，你去哪里了？"我仔细辨认你的面貌："你是……？"你冷笑道："你连自己也不认识了？"我一惊，醒了，耳边却依然回荡着你冷厉的笑声。

1976 年的冬天，读小学二年级的我，结束"客居"杭州的生活，回到北京。与从山西干校返京的爸爸妈妈和还在上幼儿园的弟弟，一家人团聚。到 1977 年秋爸爸被查出癌症晚期之前，那是我人生度过的最美好的一年。尽管物资匮乏，但阳光灿烂！

到沪工作 8 年间，每次赴京我都习惯称之为"回北京"，不仅因此城乃我生养之地，关键是有母亲在，感觉自己"回家"了。而这一次，我居住了三十余年的家空无一人，母亲躺在上海的病床上已昏迷三月，苏醒无望……这些着实令我倍感凄凉。夜来幽梦忽还乡……沉吟此句竟潸然。

回不去的岁月……感谢同学给我传来两张母校中央戏剧学院的照片。据说"南锣鼓巷戏剧节"今天开幕了。我近 20 年没有再踏入这片校园了。

"害怕衰老"乃人之常情，我若非说"渴望年老"，则明显属于"矫情"了。男人 45～55 岁，既是智慧的巅峰，也是硬件状态由巅峰滑向谷底的开始。这种由衰及盛、由盛及衰的过程，最容易让人产生幻灭感，但洞见力亦大大增强。我把它称之为"哲学十年"。

凡极有创意天赋者，大多并不善言谈，甚至显得笨嘴拙舌……我这是在说自己吗？ 随着年龄的增长，在言辞的各种攻防战中，我确实愈发习惯于沉默。老年痴呆症，欲辩已忘言。

有些歌，我这辈子决定不会再唱了。觉得恶心。

我准备"闭目养神"几日。三分观自在，七分观外在。外在很奇怪，内在何如哉？

我每日不断重温的一句话，就是"由俭入奢易，由奢入俭难"。斯心静矣。

我写不了畅销书。

在许多人眼里，我是个没什么"品位"的人，因为许多涉及"享受"或赖以区分人群贵贱的"学问"，我知之甚少，亦不热衷去了解。我想：生命毕竟是有限度的，各种感受，因人生之底色而异，就算是"饮茶品酒"，亦纯属个人体验，岂能被他人经验所概括？所以佛教中之"不立文字，教外别传"最好，尽在不言。

我在乘飞机时，因机票上的拼音名字，服务员总叫我"罗先生"。采访中，某位大领导一直亲切地管我叫"小驼"，我知道他念了白字，但又不好意思纠正他，只能继续"驼"下去。交往了许多年的熟人，给我写信仍然写"洛新"。尊重一个人，请先从叫准、写对他

（她）的名字开始。

我很长时间都处于一种极为孤单的状态中。自己名分上虽属于某个集体，实际上却毫无"集体感"——所有的与我合作或共事的团队，几乎从未将我视作他们中的一分子，仅仅是召之即来、来之能战、然后即弃若敝屣之工具。我恐惧于这种缺乏荫庇的感觉，却也享受这种无拘束的自由……盖自由者，必受孤独。

我不愿见到我的好友们因观点不同而像敌人一样攻讦挞伐；我不愿听到我曾欣赏的搭档因"婚恋问题"或"无礼粗暴"而被批判讥嘲；我不愿接到"劳模"了几十年的老大哥悲凉地告诉我他刚退的消息；我不愿本该淡化的思念却依然浓郁蔓延；我不愿看到我想躲避的人或事却离我如此之近……但是，"不愿"总无效。

"梦里不知身是客，一晌贪欢。"李后主词，唯有此句，令我顿感"悲从中来"。为何？

小时候，我很想成为一名医生，未果；后来青春年少时，我很想找个女医生谈恋爱并娶了她，也未果；及至吾家有女初长成，我很想把她培养为医生，还是未果。

每个人都是自己本身的终结。——康德

我的存在，令某些幼稚病患者很难受嘛。

活了这么久，我仍在等待。

汝等观吾，正乎？邪乎？抑或正邪不分乎？

大概因为我自小语言表达有障碍，故尔做评论或主持我只遵循一个准则：少废话。

无限接近，反复质疑，极致思考，适度表达。我。

"说短话，开短会，写短文，互相揭短。"我喜欢。

"疼痛"最能令人认清自己到底是谁、什么才是最重要的……遗憾的是，疼痛不是常态；幸运的是，疼痛不是常态。从除夕开始，我就又开始被久违四年的荨麻疹折磨了。仿佛有人在我皮肤之下撒微型炸弹，顿时炸出一片红晕，持续数小时……你刚走，他又来了。人就是要不断地承受一个又一个痛苦，面对并尽力解决之，躲避不了，唯可做的，就是在苦中找乐儿。

我大概是个天性喜欢独处的动物。过分的热闹，总会让我浑身不自在，甚至会感到某种不安……

心不净，病。

病中吟。历史上凡过敏体质者之文人，当属多愁善感，以文辞流世，如张爱玲辈；但也有精神强大，深邃思想者，如卢梭辈。唯我等徒过一生，无所建树，只会频现病态，顾影自怜耳。

只须微小的一粒结石，便可将精神无限膨胀的自我，瞬间打回肉身渺小的原形。疼痛，是一种最本质的教育，它再次把人从梦幻中拽回现实，并深刻地问：人生什么最重要？

凌晨 4 点，录像收工。穿过冬夜中清冷的城市回家。忽然想到，2003 年我初来沪，主持晨间新闻，做读报评论，每日此刻，亦在赶往电视台的路上……我知道，无论此生曾有多么风光，但迟早都会被人遗忘。所以，就索性忘记自己吧，唯有如此，方能永不失落。

我看见了自己的忧郁。

只要不是无端的辱骂，我感谢所有批评我的人。

又是凌晨两点，录完像回家。此刻，睡梦中的你，与我处在两个平行的世界中……或许你才是醒的，而我只是在做一场梦！

近来我几乎每日丢东西。我这是怎么了？下一步，估计就是弄丢我自己了……

死亡随时横在面前，生命还有哪些未遂之念？当我提问的时候，我自己也在寻找答案……

我9岁时父亲查出鼻咽癌晚期，直到我13岁生日时，他大口吐血被送进医院抢救，几日后去世……我的童年岁月几乎所有记忆都与病痛、医院化疗、煎熬中药有关。32岁时，我又眼睁睁地看着继父在全身脏器衰竭中历经几个月而缓慢死去……应该说我早已习惯了面对死亡。谢谢大家关心，面对依然昏迷的老母亲，我很平静。

2000年1月9日深夜，我遭两名持刀凶徒劫持，搏斗时，一把匕首曾猛力刺向我的左胸，所幸，竟被西服内兜装着的一个我母亲给我的圆形护肤霜铁盒挡住，乃握住利刃，将凶徒打翻在地……但后腰仍中一刀，伤口7厘米深，4厘米宽，险些摘肾……12年前，母亲帮我逃过一劫。现在母亲脑溢血，命悬一线，内心煎熬，难以言表。医院手术室外……彻夜等待……此时，深刻地领悟什么是"子欲养而亲不待"。

小时候，家中的家具大多都由父亲手工打造。他曾自制过一个大衣柜。每逢与母亲吵架，他便会打开柜门，怔怔地在那里，站好久，一言不发。后来我才发现，在柜门内侧雕刻了两个大字"制怒"。此柜制成五年后，父亲患鼻咽癌去世。

死。承蒙诸君关爱，我还好！那个世界的保安说："你丫来早了，还没开门呢。"

这个世界本没有什么"我"，因为被称为"我"的这个物质，无时无刻不在发生着变化。同样，因为时间不可逆，所谓的正确与错误，也很难经过重来一次的验证而获得定论。从这个意义上，米兰·昆德拉才说："只能活一次，就和根本没有活过一样。"你明白我的意思吗？

"主播时不代表自己，微博时不代表个人"……那我是谁？

我是谁？从哪儿来？要到哪儿去？……据说常问自己这三个著名问题，可减少患老年痴呆症的几率。但我觉得，在社会中总提出这三个问题的人，基本属于已经痴呆了。

我是谁？我是拳头至上、撒谎成性与耍赖无妨的集合体。在我面前，世上所谓的温和、真诚和理性，全都不堪一击……所以，你除了爱我，别无选择！

文思枯竭，下笔迟滞。看来俺是准备歇菜了。

我思，故我在；我在，花才在……何尝有花？唯因有我。

沪宁高速上有一擎天柱广告牌。上书"精子设计，品质保证"八个大字，吓我一大跳，以为是说"人工授精"呢……走近一看，乃是某建筑设计公司的广告，文字是"精于设计"，而非"精子设计"。据说人"眼之所见，即心之所思"，我真没想到，我的人格竟龌龊至此！

我也有妥协，沉默有之，娱乐有之，但努力讲真话，不能变。

有人说我很"犀利"。近来媒体中凡是敢骂人的，皆被称为"犀利"。但我并不认同这种理解。我从不轻易骂人，我更愿意提问，提问的质量，决定了你能离真相有多近！然后，尽可能冷静、客观地描述它。我甚至可以任何观点都不表达，我只要求：请把真相告诉我！

夜行陌上，万籁俱寂，孤星明灭。随小径，入树林。突然，有一袭白袍者，于身畔林中，倏忽跑过。我大叫一声："谁?"密林中，并无人应答，只有一股冷风刮过，树叶哗哗作响。正凝息张望，一只指甲很长的手，从背后搭上了我的肩膀……我不作声，对方亦缄默不语。沉吟片刻，我问："是你?"猛回头，竟无人矣！

我籍贯是浙江诸暨，"耕读传家、性格耿直、抱团打拼、恪守契约"可以说是诸暨人的"集体人格"；当然与浙江其他地方相比，诸暨人也经常显得"脾气暴躁、崇尚武力"。不过我不喜欢打架，我更崇尚中庸之道，希望理性地解决问题。

骆新自况：如芒在背，如鲠在喉；半生期艾，一世乡愁。身有所属，心无所依；意在屠龙，力不缚鸡。鲜见好脸，定谳坏人；沧海一粟，何以记存？

躺在床上，忽然想象，自己死了。仿佛有人，走到床边，凝视片刻，喃喃低语："这具尸体，曾经以生命的形式存在过，现在，把它烧掉吧。"

随手自况：学问颇少，麻烦很多；身无长物，情系世瘼；江山胜景，凭风吹落；人间冷暖，用心揣摩；苍穹之下，渺小过客；欲挽芳华，逝川奈何！

"我很宅吗？我喜欢宅吗？为什么有人会喜欢宅？……"当有人判定，巨蟹座的我一定是属于比较"宅"的那种人时，我这样想。

今天晚上上海电视节开幕式，中国视协颁给我一个奖项——"中国电视主持人30年风云人物"。我觉得这个奖很有意思：是我本人被风云席卷？还是我本身掀起过风云？估计算是前者吧！我真没那么大能量掀起什么风云，不过是记录风云的一个记者而已。史上之唤作风云者，大多都是在风停云散后的落寞中，被人当作镜鉴，拿来评述。故我辈混于江湖盛世，当多谈风月，少涉风云，纵有风云，也要提前向领导备个案说：那不是我干的！电视升腾和堕落的速度都飞快！收视率是其商业属性的代表，广告商给电视发工资，被人家包养了，让人家使唤，也无可厚非；但它还死活不肯放弃体制内的名分，弄得一干人等还很有些使命感，谈文化，讲商业，又没有合乎规则之运作，"人格分裂"便由此开始！

你

你也许什么都有了，但，你没时间了……

我早已过了对爱情感到惊奇的年龄。我唯一惊奇的是你竟能将爱情隐藏得如此之深竟至于连自己都不相信这世界上还会有爱情。

如果你不断地对受虐进行赞美，那么，虐待就会成为一种美德！

咱们中国人，还是有一种强烈的乡土意识。当遇到"你是哪里人"这个问题时，我们还总是习惯性地用"出生地"或"族裔归属地"来回答。譬如，我就爱讲："我是北京人。"其实，俺的籍贯还是浙江诸暨呢，而现在的户籍则在上海，应该讲"我是上海人"更合理一些吧？请问，您是哪里人？

你有知识吗？你有常识吗？你有见识吗？你有胆识吗？……最后，你懂得赏识吗？

若你长期身处在一个黑暗的铁屋中，你或许会认为，黑暗本身就是一种幸福；但当这个铁屋，被开出无数门窗之后，你沐浴了自由的阳光、呼吸了新鲜的空气，见识了完全不同于黑暗的幸福。而现在，若有人想再把这些门窗关闭并钉牢，让你重新回复到黑暗中……你会怎么办呢？悲，但不悲观。因为彻底的悲观意味着放弃，而我仍在努力着试图改变，即使是蚍蜉撼树，螳臂挡车，虽九死而不悔矣。

你不说，他们认为你逆来顺受，随时欺负你；你说了，他们认为你不服管教，随时整死你；你撒谎，他们认为你精明过头，随时防着你；你废话一箩筐，他们则认为你既无危险、也无大用，随时抛弃你……犬儒主义者有 75% 失败的可能，而挺身而出，却未必仅有 25% 的生机，你怎么选择？

男女

对于那种"剪不断、理还乱"的不完美感情，男人或许可以暧昧容留，女人则大多奉持"坚壁清野"政策；可能，男人会认为，不完美乃是生命之本质，或许还会经常企盼"旧情复萌"；而女人若一旦追求遇挫，则往往会毫不犹豫地彻底击碎这个梦，然后，舔净伤口，

自我重生。——2011.11.27《百里挑一》录像感言

有人问我：什么是女人的"作"？我回答：孔子两千多年前，就一针见血地用了七个字指出："近则不逊，远则怨！"

爱情是一场战争，开个头很容易，但收场……可就难了。

剧场看演出。前排一女性时不时拿出智能手机发信息。剧场灯光昏暗，屏幕显得很明亮，又是手写输入，坐在我的位置看得很清楚："你在干嘛？为什么不给我发短信？……"从演出开始之后，她便不断掏手机，看，重发，再看，再重发。俩多小时，她一直重复这事，搅得我实在受不了，真想问她：女性是不是都这样？信息饥渴综合征？

20 年前，我在上海乘公交。车到某站，一座位空出来，身边站的一文弱中年男子，喉咙里翻滚着激动的鸣响，迅速扑向座位，但就在其即将弯腰落座之际，突然横插过来一肥臀，瞬间将座位填满。原是一中年妇女，身手比男子更矫捷。女子得意地瞥了一眼他，男极尴尬，哽噎半晌，突然愤怒喝道："女人哪，你是一条毒蛇。"

性是盲目的，以追求快乐为目的，同时亦遵循"边际效用递减"的规律；爱情是理想的，以追求无规则之美为目的，物理中的"布朗运动"和数学中的"测不准原理"恰是其魅力所在；婚姻是现实的，

以追求利益最大化为目的，符合一切交易的基本原则……只不过，交易双方认为的"等价物"各不相同而已，非相关当事人永远看不懂。

婚姻本身就是很现实的契约。达成契约的许多条件，均与"爱情"无关。

我们说到的爱情，其实更多是指荷尔蒙；我们说到的荷尔蒙，其实更多是指非理性；我们说到的非理性，其实更多是指不同于自己的价值观；我们说到的价值观；其实更多是指现存的被固化的制度；我们说到的制度，其实更多是指利益的彼此较劲；我们说到的较劲，其实更像在谈男女之间的爱情……

爱情或许挑剔，但一入婚姻之门，便都成了"凑合"（更多是出于责任和习惯）。90%以上的婚姻，如果不是出于各种隐性或显性成本的考虑，都离了。从字面上看，婚姻，皆由昏而成因，若真想好了，估计"不结也罢"。

孩子，是夫妻关系得以长期存续的一条极其重要的纽带。所以，不能排除这种可能性：某些夫妻之间的关系越不好，女人就越要想方设法多生孩子——这是我一个同事跟我说的！请问，这种说法可靠吗？

他遇见她时，他36，她23。他陡生爱怜。她结婚时，他赶来并送给她一枚蝴蝶胸针，其实她的丈夫是他介绍的。63岁的她走了，他来看她最后一眼。她生前衣物慈善义卖活动，87岁的他拄着拐杖，去买回了那枚胸针。他们第一次合作的电影叫《罗马假日》，她就是公主赫本，他是世界绅士派克——我最喜欢的一对男女。"距离产生美。"人们眼中最完美的爱情，可能也正是最遗憾的错过。或许逻辑不通，但事实却如此：世间情事，无遗憾，不完美。

我身边真事：某男暗恋女同事，追求数年未果。生平好钻营，终于当上部门副总监。偏巧此女在其手下，于是想尽办法折磨该女，令该女子痛不欲生，几欲辞职；某女暗恋男同事，多年亦未果。后成了该男子单位的主任，却始终颇关照男子，男亦愿为其卖力，现双方都已婚配，平素交往甚好……男与女，谁更小心眼？

"唯女子与小人为难养也，近之则不孙（逊），远之则怨。"孔子的这话有错吗？近期看见某学术刊物上，专门有人撰文替孔子"消毒"，说孔子"难养"之意，乃是需要悉心照料，并不存在轻视妇女的问题，云云……

"香车美女"就是车展的主题。在这场视觉狂欢中，人们理解了一个现代社会的道理：车是消费品，美女也是。

"先有健全的身体，然后有健全的思想和事业。"蔡元培100年前的这句话，今天真该送给一大批"宅"男女们！

张爱玲生前所居，大多是人口稠密的区域，诸如上海的康定路、愚园路和香港的北角。但她曾说"现代人都是疲倦的"，故虽满眼人流如织，但她并不喜投身其中。偌大世博园，倘让她盘桓一日、凑这份热闹，估计是极不情愿的。但她笔下却要神游西洋景，描绘出些落寞男女的心绪……孤单，往往生于喧嚣处。

人生

人皆有不忍之心！

人如流水，皆为过客；心若飘絮，随遇而安。

我相信，人的灵魂之间是有引力的。

忠孝仁义统统废，明哲保身识进退；只怪我等长隐忍，才让鼠辈久踞位。

照镜子，发觉就像一个买主在挑选设备，站在旁观者的角度看自己：这台机器固然尚可使用，但已经磨损严重，而且，没有备件，维修翻新难度极大，正在进入报废程序……

1. 一个人嗓门的大小，基本与其贫困程度高低呈正比，而与受教育程度高低呈反比。2. 吸烟其实更多是一种绝望与无力的表现。3. 巨大的病痛，是一部最有效的"生活目的"教科书。

寒夜灯下，与鬼谈心。人心叵测，谎言弥天，手段毒辣，总以折磨同类为乐事；相比之下，鬼魅反倒显得直率。

一个人一生所有情感的高潮体验，加起来……不会超过五分钟。

哪里都有他（她），混个脸熟的人，不值得尊重。

比灾难更可怕的，是人们信任的崩塌和心理灾难的疯狂蔓延，这种"提前见鬼"的本能会使人们忽略系统风险、而就某一问题采取"过度防御"，集中力量抽取资源，企图使个体福利最大化的行为，最终会导致群体福利非但未得到改善、反而受损更大，系统链由于单点被攻破亦难以修复。"抢盐风潮"正是一例。

相声艺人常说："平地抠饼，对面拿贼。"这八个字说出了当艺人不易：一是有生计压力，明白自己是混口饭吃；二是身上确实得有绝活儿，三是心底里必须尊重观众，这"尊重"不是泛泛地指"作个揖、点个头、说两句俏皮话"，而是要把观众当成智慧远超过你的对手，拿捏好表演分寸，戏过了或戏不足，都完蛋。

以文而名于世者，亦以名而鬻文。先，文如窖藏陈酿，助其名日隆；次，文如勾兑掺调，世仰其名，仍奉为神；后，文平淡如水，甚或至不知所云，但追随者亦众……一日与友论及，友笑曰："时人消费，多慕其名，盛名既成，焉论其意欤？见汝于微博上，搔首弄姿久矣，废话盈野，唯求多赢粉丝，又何异于斯？"所谓粉丝，贵在质量，不在数量，否则便是乌合之众。但市场上颠覆对手的力量，又常赖"乌合之众"之数量（譬如"收视率"），而在文艺上，若赢得大众拥戴伏首，或假扮专制之狠、或故作情色之媚皆可立竿见影，愈矫揉造作愈有市场，而所谓过于理性者，黏性虽好，拥趸却寥寥无几，令许多自命清高的文人何堪？

医嘱"禁酒"，期年未醉。其实，人之清醒，比沉醉更加不堪。

某日，在电梯里遇到几个喝了酒的男士，吸着烟。我说："电梯中请不要吸烟。"有几个把烟掐了，但一人红着脸恨恨地说："别理他，就吸，怎么样？我们不是你们上海人……"也许每个人内心都有一份高危名单，把自己跟他人分隔开。敌视与不合作，并不缘于不同，而是社会不断地刻意强调这种不同的结果。

我知道，今天你也在关心"自闭症"。问题是，明天，你还能持续关心吗？我走访了两家自己以前采访过的自闭症患者家庭，做父母可真不容易，他们不断地问我：我们若死了，这孩子未来该怎么办啊？……

人与人的关系可被坐标定为 4 个区间：x 轴是我，y 轴是你。x 负 y 正：我虽不好，也要你好；x 负 y 负：我不好，你也别想好。x 正 y 负：我好，但不让你好；x 正 y 正：我好，你也好……斗争哲学长期流行，令几乎所有人都不相信 x 正 y 正，每个人都企图用 x 负 y 正教育别人，实则干着 x 正 y 负的事，最后结果，则大多是 x 负 y 负。

　　录制了两天《东方直播室》。许多话题在没多少意义的地方、耗费的辩论时间太长了。其实，真知灼见，往往就在于两三句话中。但我们是资源匮乏恐惧症，怎么也不可能只允许自己才联系这么点人……反正在手机里的人，并不一定在心里，真正在心里的人，无所谓在不在手机里……

　　"世间所有的相遇，都是久别重逢……"《一代宗师》里的这一句，令我心动。

　　人中蛟龙，尽在江湖。久不会晤，已无思路。

　　时间，仿佛是一辆单程公交车，你我只是在某个区间同时在车上相遇，然后，在命运安排好的各自站点，或先或后地下了车……所以，无论这段偶遇，是福是祸，是爱是恨，是亲是疏……一切只可成追忆，若想再见已惘然。

身未病时思名位，人到难处想亲朋。

昔，中戏表演系招生。老师出题：你下楼时忘带自行车钥匙，喊你妈把钥匙从楼上扔下来。你家住70层！于是，考生"妈——妈呀——"声响彻校园，老师评点：这声音也就到30层……现在才到50层。吾等旁观皆哂笑。唯一男生喊至力竭，出考场便啜泣：俺娘前年殁了，今天俺就想能叫住她——娘，不走！众闻之，皆动容。

人生唯一可以被确定的，就是死亡。

《金刚经》"因无所住而生其心"一句，顿悟慧能。心若无所住，何处是归途？

生不足惧，死亦何忧？无所忧惧，岂非佛哉？

把思想装入棺椁，让躯体化为野兽，令语言变成吟啸，拿人生当作浮云。既已如此，岂有痛苦哉？

"悟已往之不谏，知来者之可追。实迷途其未远，觉今是而昨非……"混乱与迷惘的人生，在陶潜笔下，似乎变得有了些方向感。但是，人生的本质，可能就是一场混乱。既往本不可改，将来更未必知，识迷途于盲目，判仁爱于非人……

10 年后，谁能记得我？……无数人渴望被人记住，其实，遗忘才是人生常态。

我们竭尽全力，想在这个世界的墙上留下点"×××到此一游"式的记忆，但结果却总是：一、被人狂骂成了人民公敌；二、被警察、城管驱赶；三、有人往字上撒尿，写得再好，也不是味道了；四、根本没人看；五、墙倒了。

我们越是喜欢回忆，就越是说明自身对于现实改变的无力，但是，这并不能说明我们没有努力，而且，这种努力还要继续。

人生本无常，恒常皆是错。世间原无我，有我乃为执。

一边是道义，一边是情感。如何选？人生永恒的困局。
——今晚广电总局在上海举办的一个培训班上，我说。

追悼会上，众人哀恸不已。人们彼此握手感叹："唉，人生苦短啊！……争来斗去，有什么劲哪？……好好活着吧，健康最要紧，享受生命吧！……"此刻，每个人的脸上都流淌着真挚的温情。只是，这种温情会随着远离死亡之地而逐渐地消散，到了办公场所时，一切如初：与自己较劲，与他人较劲。生活即斗争。

电视中，杨澜采访王菲、李亚鹏，问起有无想"放弃嫣儿"之念头时，王菲几乎是本能地回答说："我的信仰，不会允许我这样的想法……我要接受。"（注：王菲是佛教徒）李亚鹏又接了一句："没有缺憾的人生，是不完美的人生。"是啊，能够接受某种不幸和缺憾而不抱怨，除非有信仰者，否则谁能做到呢？

视频、游戏……虚拟世界，正在毁掉我们的真实人生。

总在说"知足常乐"。但问题是：人，会知足吗？同样的推演："常乐"的前提，究竟是知足后的止步，还是不知足、从而对目标发起的一轮又一轮挑战？没有"不乐"做参照，"乐"又何来？何况是"常"乐、而非"长"乐。从这个意义上讲，人生没有什么快乐是长久的。

匿名与辱骂的混合物，不值一哂，更毋庸一辩。人生本已短暂，何必在无谓的、无聊的、无趣的文字往来上抛掷时光。

要么赶快去死，要么坚韧地活。除此之外，人生别无选择。

人生就像走隧道。乐观主义说："别急，这就快到头了。"而悲观主义者却说："天哪，啥时候才算是个头啊？"

我只知道一件事，就是我一无所知。——苏格拉底
文人可顺着这个思路，演绎出人生四大境界：1.狂妄：我不知道

我还不知道；2. 知畏：我知道我哪里不知道；3. 守真：我知道我哪里知道；4. 化境：我不知道我已经知道……然后，再进入下一个循环。总之，无知者无畏，有知者有为，无为者有知，真知者忘言……思考真累，绕死我了！

人生只是一个过程，准确地说，人生并没有什么真正意义上的结果。所谓"失败的人生"，与其说是指结果，不如说是指态度，即一个人理想或价值框架的全面崩塌，在肉体死亡之前，精神已经死了，或濒于垂死挣扎的境地……从这个角度上讲，我死了。

面对帮助，学会感恩；面对自然，学会敬畏；面对短暂的人生，学会爱。

商场如战场。存亡之关键，可能就在一次……真的，仅仅是"一次"冲锋。哪怕团队尚不成形，哪怕管理还不到位，但只须先赢得这场猛烈的扩张，便能在时间上争取到比对手更多的主动权，至少以领先的市场份额，拿到定价权，然后在资源虹吸中，残忍地将对手窒息而死，然后再讲巩固消化……人生，也如此吗？

经常陷入绝望的境地，是完美主义者的特征。因为不完美，而放弃改进，甚至舍弃生命……其实，这个世界从来没有完美过，即便存在某种完美迹象，也只是在倏忽一瞬间。人生中的不断对抗、屈服、屈服之后的叛逆与继续对抗，构成了生命最重要的主题。所以，接受残缺，乃是生门；力图圆满，便是死穴。

如果……时间停止，空气此刻凝结为琥珀。亲爱的，我们在生命中最后被固定的那个姿势……你希望是什么？乔布斯曾说：提醒自己快死了，是我在判断重大决定时，最重要的工具。因为几乎每件事，所有外界期望、所有名誉、所有对困窘或失败的恐惧，在面对死亡时，全都消失了，只有最重要的东西才会留下……

跟一些四六不靠的人瞎扯淡，真是一种严重的浪费生命的行为。

这个春节快过完了。突然发现：所有让人高兴的事物，总是显得特别短暂而且充满着遗憾……相反，痛苦悲凉，却能那么长时间地占据着我们的生命，经常令你在兴奋的时候，突然就陷入某种惆怅。只是，我们又不得不以这些短暂的快乐，去宽慰那更多、更绵长的苦楚。

第四辑

流　水

城市

温州，算是中国经济、政治、文化诸建设现状最好的样本。

中国不少特大城市一方面在抱怨人口承载量不堪重负，另一方面又企图以各类重大基础建设项目来拉动增长，要明白：这一个又一个"建设利好"的背后，就是大规模的人口导入，而为了分散人口密度、纾解就业压力，又要靠新的住宅与产业大项目来承担……最后，陷入恶性循环。

上海

上海外滩综合改造工程历时三年，于去年 3 月竣工。尽管经改造后，外滩地面公共空间比原先增加 40%，绵延 2.6 公里，但我认为其"景观硬伤"也是显见的——水岸步行堤被整体抬高之后，阻挡了浦西地面眺望黄浦江水面和浦东的视线，整体亲水感被破坏；走在抬高的堤岸，视野中的老建筑亦呈下沉状，低矮了许多！

上海鼓励车主使用 ETC，说是去长三角周围地区方便。但实际情况是：ETC 只能上海、江苏两地互通，浙江是有机器，但不与上海卡联网，安徽倒是跟上海联网了，但竟然没机器，同样也使不了。仅高速公路在收费方面的利益之争，便导致学界长期鼓吹的"长三角一体化"沦为空谈。

京沪等地"城市乡村化"的表象之一，即所谓的"外来人口"涌入，导致市民素质的参差不齐，公共文明程度下降……而根本则在于缺乏与人口增长相协调的公共参与决策的机制，导致政策的本地狭隘化与诉求的广域多元化之间，发生激烈的冲突，福利摊薄，社会矛盾更多表现在阶层固化之后，人与人之间的对立憎恶与和解力差。

上海要在世博会期间为进出沪车辆办理临时入境证，我中午就来了趟派出所，人多。现在傍晚再来一次，才发现不是人多，而是效率太低，平均办理一个人要 10 分钟以上！政府部门对服务效率的追求是基本无指标的，但对经济效益的追求指标又过于刚性。今晚办入境证依然没办成，因为没带我自己的驾驶证。我说你们这个规定太奇怪，我带了身份证和车辆行驶证，是为我的车办证，不是为我自己办证，为什么要一定有驾驶证呢？况且我的身份证号就是驾照号，电脑查一下不就完了？凭什么要我再来办一趟呢？……但说了半天，没用。世博会还没开，我自己就从多方面感到一种挫折感。不知这是否是每次的所谓国际化盛会必然会给居民带来的"正常反应"？我们一贯反对特权主义，但自身遇到麻烦，就强调特殊性，岂不恰恰陷入了被反对者之阵营？办事的小官僚被你一压，他心里也别扭，然后再仗势欺负比他更弱的人？那这个社会就会愈发变态！所以，我是一个普通人，尽管我确实想给交警总队长打个电话，但还是忍住了：那样不好！这个社会的幸福感，是以最普通的人的亲身感受为准的！

悉尼

身在悉尼，一问高嘉华市的市长，才知道澳大利亚是三级政府体制：联邦、州和市。我们所熟悉的"悉尼"其实是由 15 个像高嘉华市这样的市组成，这些市的上级是新南威尔士州。而按行政区划所理解的"悉尼市"，原来是不存在的。

杭州

杭州过快增长的汽车数量，正在让这座城市的"宜居"大打折扣。我们昨天租自行车环西湖东侧骑了小半圈（自西湖天地至雷峰塔），简直是在大小汽车、电动车与人行道上步行者的"百舸争流"中穿梭，心惊胆战。环湖没有专用的自行车道，可为什么还要给游人租自行车呢？不安全极甚。"宜居"二字已成商业阴谋，因宜居而房价涨，大批房子的投资客赶来，城市管理者也借此大做经营，大兴土木，大搞以汽车距离为生活半径的城市规划，结果……成都、杭州等都号称"宜居"，现在，却都大拆大建得越来越不像自己了，而且分别都升级为"堵城"。当代中国，就像是个处于发育期的男人，在荷尔蒙控制下，处处要充"壮"比"大"。六七年前，记得我与袁鸣去杭州主持一场活动，市长诸官员在座，我说杭州是"小城故事多"，结果，台下传来一片鄙夷的笑声，后来市府的人说：官员最反感"小城"二字，因他们认为杭州必须是"国际化大都市"。

正在从上海去杭州的路上。杭州有我太多童年的记忆，我小学一、二年级都是在杭州上的，住在清泰街严衙弄丰禾里，典型的江南院落，可是现在已经找不到了。除了西湖风景依旧，城市的面貌变动太大，对我而言，十分陌生。中午由《都市快报》方政兄陪同、去寻访儿时居住之严衙弄。但此地老建筑均已在80年代末被拆除，全是五六层居民楼。清泰街亦不复旧貌。昔政府为开发西湖旅游，引导游人，乃破市中心之老建筑群，修建了一条通衢，自火车站直达西湖畔。原西子少女之羞涩掩映尽丧，竟似袒胸踞坐、揽客入怀之俗妇，韵味何在？

阅读

来上海后，我一直很想做个"读书"节目（不是属于"畅销书"），稍微偏学术一点儿。没料到，10年下来，这个设想不但未能落实，到现在，连"想象"一下都觉得"奢侈"了。收视率、广告创收、电视表现力，一定完败给明星们的唱歌、跳水、真人秀，所以……今天是世界阅读日，关了电视，读一本儿书吧！

东方卫视官网上有个"骆新书房"，我每周会推荐一本不是那么太流行的"旧"书、并写上一些阅读体会。卫视同仁说，每次我推荐的书，他们都会买来寄给5名热心观众。有人说：你这个"书房"一点也不热闹。我说：这世界够热闹了，图个清静难道不好吗？

以前，了解我的朋友，都会在逢年过节聚会时，送我几本他们认为有价值的新书，可惜这两年，这种"特殊福利"已基本没有了。有人说，送书"不吉利"，因为代表"输"。而我偏不信这个邪，所以，一直回答说："放心，我输得起。"

二十多年前，史铁生写的《我那遥远的清平湾》，电台以配乐朗诵的方式播放，我听得流泪。他写于 1989 年的《我与地坛》，更是经典，至今读来都很难令人不动容，我建议此文列入中学教学必读的内容，正像陈村说他："有路而不能走，能量就回到了心里。"还要感谢当年首刊此文的《上海文学》，这本刊物，现今依然定价 9 元。

读《论语》，很佩服孔子，这人没什么废话，一句"食色性也"，便总结了人类的一切行为，都离不开"食、色"这俩目的——艺术、政治……不过都是"食色"行为的衍生品，归根结底，还是为了"食色"。

史铁生的爱是那么大气。

读书，能够帮你找到你自己！——谨以此句，送给即将开幕的"上海书展"和爱读书的朋友们。

渡边淳一谈《失乐园》："久木和凛子的死，是登上最高顶点的死。人到达此境足矣（在"虚无"的顶点死去的心情，就是"谛观"），是一种非常幸福的境界……情死虽然是很具有悲剧性的，但从另一方面看，用一种任性的说法，就是尊严死，是自己选择了死，这和以往古老的、晦暗的、悲苦的死是完全不同的。"

读书，其实是一件很个人化的事。我每周所评，大多不属于正流行于排行榜上的"新酿"，而是至少经历了数年、甚或更长时间所检阅的"老酒"。

在北京传媒年会上，又见到了我尊敬的梁衡先生。这位原国家新闻出版署副署长、《人民日报》副总编辑，并非理工科出身，但却以流畅的文笔写出过一部很好看的科普著作——《数理化通俗演义》。该书 1984 年首版，至今已重印 17 次。该书对我本人影响很大！它让我理解了，什么是科学精神！我在此郑重推荐此书！

《日本论》

戴季陶《日本论》出版于 1928 年，比 1944 年美国人的《菊与刀》早 16 年，文字简约而精准，至今都是我认为研究日本者不得不读的著作。我在选择书的习惯上与周国平先生相似，他说自己读书只读至少十年之前的，因为，经了十年检验，好的，就是真的好，而许多所谓畅销书式的消费品，也被记忆淘汰了，不读也罢。

《生命中不能承受之轻》

我总听到人们不断地讲"听从你内心的召唤"或者"你要明白你究竟想要什么"，其实，这个貌似高大上的命题，忽略了一个最重要的前提——人是在不停地变化的，环境诱惑或压力的强度也是不一样的……上大学时，读米兰·昆德拉的小说《生命中不能承受之轻》，有一句话令我记忆至今："人永远都无法知道自己该要什么，因为人只能活一次，既不能拿它跟前世相比，也不能在来生加以修正。……没有任何方法可以检验哪种抉择是好的，因为不存在任何比较。一切都是马上经历，仅此一次，不能准备。"隐约记得昆德拉在书中还有一句更简短的话，对我们试图寻找的"生命的意义"进行了更为彻底的否定："只能活一次，就和根本没有活过一样。"

《人类群星闪耀时》

对于人类的历史而言，时间距离相隔越久远，反而越能看清真相，一方面，你会发现没有什么人真的可以"主导（或主宰）历史"，貌似他们有选择，实际根本没有选择，所谓的"阴谋论"，许多仅不过是小概率事件"扭转"大时局时给人们带来的"错觉"——这一点，茨威格在《人类群星闪耀时》一书中已经表述得很清楚了；而另一方面，好像没有选择，但事实上，恰恰他们又都做出了选择，而这些选择的合力，又汇聚成了历史的某种必然，也就是说，你只有站在超越历史和超越现实的角度和高度，才能真实认清并理解当时许多人为什么会做出这样或那样的历史选择。重读北洋时代的文献，我才发现，我们有多少偏见或刻板印象，其形成的原因，都是来自于糟糕的教育——它刻意让你相信，某些人"天然"就是坏人和好人，而罔顾其他内容……所以，执着于某种刻板观念的教育，其最大的危害，就是容易坠入"选择性失明"，甚至，导致人的彻底"失明"。

《易经》

"与时偕行"此句语出《易·损》，原来曰："损益盈虚，与时偕行。"

所以，今天生物学研究更愿意用"演化"替代"进化"的说法——因为，有进就必有退，否则，尾巴至今还长在我们身上呢……所以，韩愈字退之。

功成、名遂、身退。

《庄子》

庄子曰："吾生也有涯，而知也无涯，以有涯逐无涯，殆矣。"在这个信息纷乱的时代，人有时需要闭目塞听，方能养神。

《梵高传》

"你这个精神病"，这句话可能是人类最荒诞的一句骂人的话，因为这个世界上，可能只有"精神病"才最真诚、最执着、也最无视各种忌禁，充满着张狂的生命力……恰恰是我们这些所谓的"正常人"，才最能压抑生命的本能，甚至一直习惯于在虚伪的外衣下藏着一把杀人的刀。（**2016.1.13 读《梵高传》有感**）

政治

政治学上的制衡：你让别人觉得太舒服了，你自己就肯定不舒服；但若你一味强调让自己舒服了，别人又肯定很不舒服。所以，最好的方式，是双方都别太舒服，这样，整个大环境就和谐了！

历史

戊戌变法时，光绪数次下诏裁员，尤欲将詹事府、通政司及光禄、鸿胪等九卿诸寺、各地河督、粮道、盐道裁撤……牵涉十数万官吏利益，终引发强烈对抗。例：掌管马政与随扈出巡之"太仆寺"拟并入兵部马政科，连降三级。陈夔龙等兵部诸人欲接管时，整个机关几似被匪劫，官吏印信文件俱无，门窗亦拆毁无存。

读《明成祖实录》卷二百五十一：永乐间帝欲"汰在京诸司冗员"，太子朱高炽即带头响应，指示左、右春坊拟"简贤者留之，庸者汰之"之名单。左春坊主官邹济领命,竟"执笔畏缩,不敢下",后竟"称疾不出",坚决不干这种得罪人的差使。所谓"裁员之难"即如是。

《论语·卫灵公十五》:孔子率徒周游列国时,于陈地绝粮,随从者面露菜色、愁云惨淡、皆一筹莫展。子路愠怒地对孔子抱怨说:"做君子,也会有如此穷途末路的时候吗?"孔子的回答,显得意味深长:"君子固穷,小人穷斯滥矣。"这句话,可以说对我此生影响巨大。

西南联大时,学生请教刘文典如何为文,刘仅授"观世音菩萨"五字,学生不明,文典释曰:"观,是多多观察生活;世,即需明白世故人情;音,乃指文章要讲音韵;菩萨,要有救苦救难、关爱众生之菩萨心肠。"学生皆称受用。

徐铉事南唐时,曾出使宋朝,赵匡胤恐周围无人能与徐之才华相抗衡,乃派侍卫中一面貌像知识分子者,华服相迎。徐铉博学广论,而该侍卫谛听久之,从不发表意见。徐铉回江南复命,在后主李煜前大赞:"宋有高士,深藏不露"。

李白习剑任侠,诗多赞"刺客"。《侠客行》:"十步杀一人,千里不留行,事后拂衣去,深藏身与名。"《结袜子》:"燕南壮士吴门豪,筑中项铅鱼隐刀。感君恩重许君命,泰山一掷轻鸿毛。"《结客少年场行》："笑尽一杯酒，杀入都市中。羞道易水寒，从令日贯虹。燕丹事不立，虚设秦帝宫。舞阳死灰人，安可与成功。"

康熙很喜欢董其昌字，各地官员便进献董字，以讨圣眷。时臣陈邦彦临董字最像。一天康熙将这些"贡品"拿出来，叫陈邦彦辨识，问：哪些是你仿写的"赝品"？陈邦彦看了半天说：看不出。康熙大笑。其实陈自己一清二楚，但若指认出来，第一表明皇上不识货；第二进呈礼品的大臣也会因此与自己结怨。故装傻呗。

1930—1940 年，程砚秋在中华戏曲专科学校北平分校任校长。程砚秋治校的一个突出思想就是演戏要自尊。他常说："你们要自尊，你们不是供人玩乐的'戏子'，你们是新型的唱戏的，是艺术家。"他对女学生多次地讲："毕了业，不是叫你们去当姨太太。"尽管过去 70 年，程先生训话，似乎仍未过时。

70 年后，我似乎更多听到的话是："你以为你自己是艺术家啊？……"程先生若在世，恐怕也会伤心。

鲁哀公问孔子：仁者和智者究竟谁更长寿？孔子想了想，没有正面回答他，而是讲述了人有哪三种咎由自取、死于非命的情形：一、无节制的生活；二、触犯刑律；三、自不量力的争斗……而仁人志士总体上说，因为懂得合理选择合适（老子主张克服过分和极端，亦"去甚"与"去泰"）的生活行为方式，故都能长寿。但在一个人被"物化"的时代，对控制力近乎歇斯底里的追逐，"节制"早就不是美德，而似乎是一种失败的象征。所以讨论这个问题的文字，注定走不远……

"月明星稀，乌鹊南飞；绕树三匝，无枝可依。"曹孟德写此句，初衷不详。戏剧中，其臣子刘馥言"此语不祥"，被操一槊刺死事，于史无据，可谓舞台上之演义。一说是曹操借此表达"求贤若渴"，另一说则是袒露其独孤寂寥之心，皆不可证矣。但"无枝可依"四字，堪称今世众人心态之绝妙写照。故录之。

六祖慧能不识字，未开悟前，在寺院干粗活儿。一日打扫卫生时，听见五祖弘忍佛堂讲法，仅一句入耳："因无所住而生其心。"便忽然顿悟。列位，此为何意哉？

历史上，小人之所以总比君子得势，是因为、小人之言行更契合我们人性的弱点。

在历史的长卷中，如何臧否人物？其实，经过时间的洗磨，成败输赢早已不重要了，态度，最终决定一个人受尊敬的程度。

理性，似乎只能用来分析非理性行为的结果，连"预判"都显得力所不逮；而历史上的大变革，通常是被某些人貌似理性的非理性冲动——或者说得好听点——是被"感性"创造的。

"物竞天择，适者生存"这句话，其实只是对生物界"演化"的中性描述，但被许多人误解为"进化论"，且似乎彰显了"进步战胜野蛮"的法则……实际上，人类社会为了"生存"，从来都充斥着牺牲和逆淘汰，在"一切让位于生存"的前提下，各种毁坏和残酷、欺诈，甚至会成为群体状态的主要特征。忠臣总是落败于逆贼，善良一贯敌不过奸诈，似乎是一种常态。

　　"急流勇退"这四个字，我喜欢，特别是这个"勇"字……主动退出历史，比努力进入历史，要具备更大的勇气！另外，决定退出"此"，也不意味着要马上进入"彼"，为什么就不能放弃"进步"、索性就"乘桴浮于海"呢？

艺术

唐代有诗僧王梵志，其诗甚平实，市井俚俗相传。偶忆一首："梵志翻著袜，人皆道是错，乍可刺你眼，不可隐我脚。"20 年前，吾甚爱，至今犹然……

音乐

我对音乐的领悟力较差，到了四十多岁，才开始听懂了交响乐。记得我上中学时，正值西风东渐，学校曾开过交响乐赏析课，让同学们记住某些著名的旋律，以便在中学生智力竞赛中，答对"这是谁的曲子、什么曲子"类似的问题。但人的认知能力，不可能逾越自己的年龄，我们记住了旋律，却忘记了音乐最要表达的东西。

我真是 out 了。为了能听我那几十张古典音乐 CD，最近去上海几家商店转悠，想买个便携式的 CD 机，这时才发现，这东西如今哪儿都没的卖了。许多音箱的音源插口，竟然都是"苹果"iPod 或 iPhone 式的了……我第一次深刻地感觉到，自己是无可挽回地耽误了数码时代的这趟列车！望着它呼啸而去，我只能尴尬等老……

文化

极端的语言，最容易招惹民众。人们会把即时的快感，当做美感；又把这种"个人化的美感"，误认为是代表未来的"文化方向"……"收视率"和所谓的"民意调查"，都不是衡量文化的尺度。

做文化，尽可以你做你的，我做我的。

诗

上午与赵丽华交谈。我对她说，2006 年"梨花体"诗歌事件后，我曾经对她颇有微词，但是今天谈话之后，我认同了她的写作思路。我觉得赵丽华看透了"诗言志"的本性，写诗（写作）本是一种让人高兴的事情，而没必要强调"彪炳千秋、改造社会"之重大意义。尤其微博时代，人人皆可是诗人，焉用恶语相向？

对话

有人问我："滚石三十年"上海演唱会你没去？我回答：我不大

去听演唱会。人家惊叹：那可是"滚石"啊！我眨巴了几下眼睛，问：滚石是什么？他几乎绝望地大叫：人家都三十年了啊？你怎么会不知道？我说：真不知道，是不是修路的？那人崩溃了：滚蛋！

有人常问我：你怎么竟然对某某人或某某事一无所知呢？我只能回答：生命如此短暂，我实在不愿意把它耗费在这些我不感兴趣的人和事儿上。可惜的是，中国人的这点聪明劲儿，几乎全使在各种政治权谋和人际关系的算计上了，有啥劲？

有一次，我采访某人。敲人家屋门，里面问："谁？"我说："电视台的。"门开了，人家露了半张脸说："刚才来过报社记者，我连门都没开就说'滚'！现在想想，是有点失礼。好在你来了，我必须开门再对你讲：……滚蛋！"说完，门就"砰"地撞上了。听到屋里意犹未尽："电视更会胡扯，给他加个蛋！"

2009 年 8 月，我见到袁雪芬时，她听说电视台的戏剧频道，即将改为购物频道，确实很不高兴，对我说了一句话："难道电视台只要钱，不要文化了吗？"此话确令我印象深刻。需要说明的是，原戏剧频道于 2010 年搬移至数字电视，已成为"七彩戏剧频道"。 袁雪芬生前最后一次接受电视专访，就是 2009 年《走近他们》我对她的访问。袁对越剧的贡献，就如同梅兰芳对京剧的贡献，大师们无一例外地选择在编剧、导演和作曲、舞美上走专业路线，借鉴了话剧的创作手法，除去了原始戏曲中的市侩气，使其所在剧种真正具备了艺术气质而不仅仅是邀赏媚俗的"玩意儿"。

今与陈光标聊天。我问他:"你是做建筑拆除和建筑垃圾再利用的,接到这样的大工程,需要多方支持,我们有理由怀疑你,是否前面在拿慈善做政府公关,后面就跟上讨项目?"陈光标回答:"我悬赏1000万,如果有任何人发现我有给人送好处、拿工程。我马上这笔钱捐给他家乡的所在地。"但他承认:越做慈善,找他做这种工程的人越多。"这个我没什么不敢说,去年我营业额100多亿,利润4亿多,我捐了3.17亿。多挣多捐呗。"我问:"企业再投入的钱呢?"他说:"我这个行业主要是力气活,固定资产增加有限,无非每年多购买几十台重型设备,所以我行有余力,放心:真做慈善不会赔。"(2010.8.3)

在苏州主持世博论坛,见到了渡边淳一。我问他:你写了《男人这东西》之后,是不是有很多人骂你,说你"出卖"了人的秘密,将原本美丽的"爱情"弄得很"本能",了无趣味?渡边笑着答道:你还年轻,还是一个可以将恋爱视作美好的年纪啊。这个回答真有深意!不过,我确实喜欢他的《失乐园》。

媒体

很多媒体,都在将人们的梦想庸俗化——难道"见到大明星"就算实现梦想了吗？

有的人是很乐意身陷舆论漩涡的。一方面可以替某大佬吸引一些视线、达成"围魏救赵"之功用；另一方面也是出于利益考虑——既然是娱乐人物，臭亦是香，不怕争议，就怕无事可议。从这个角度来说，他的"发飙"背后是有策划、有预谋的。人们中计了，还很真诚地想劝其知羞耻，而他却很享受众人的精力狂投！

同行们的敬业之歌：内容再空洞也不显乏味，争吵再激烈也确保无声，看似在讲话却不知所云，狠命做分析但实则糊涂。

信息

坐飞机，又延误了。现在交通工具中，最不靠谱的大概就属民航了。不过这次给我留下深刻印象的，倒是贵宾室的一位女服务员，她经常会过来跟我说：您乘坐的飞机现在大概处于什么位置，几点钟可以降落……不厌其烦，说了几次，我都不好意思对她发火了。再想想，这不正说明危机中信息及时披露制度的重要性吗？说，就比不说好。有时候，人们也知道你不可能一下子解决所有问题，甚至知道，你根本就解决不了任何问题；但在焦虑之中，你对他（她）保持沟通的状态，就是一种缓解矛盾冲突最有效的方式。不是什么东西都要靠谎言来维持；也不应对本来该赞许的事情一味苛责。无论扯谎、还是苛责，成本均很高，都感觉很累……

电视

有一年，我们单位开一个专家座谈会，某著名大学一名传媒学教授发言，她第一句话竟是：我几乎不看电视……我快晕倒了！记得聂晓阳兄曾对我说：电视是陪伴媒体。我承认，"陪伴者"大都无需思想深度，我也主张大家少看电视，但这可是搞传媒研究的人，那你凭什么研究传媒，你又凭什么来电视台当评委捞钱？您相信医生一生只接触一种病人、或者一个士兵只把守一个阵地吗？说明现在电视是真完了：做的人不看，研究传媒的人也不屑于说看电视，可电视人还要请根本不看电视的所谓传媒学者，来替自己捧场说好话……这是我感到最难受的事情。

心理学家的心理一定健康吗？我做节目时总在想这样的问题。这年头太多的电视节目都愿意打心理访问的牌，我怀疑。

新闻故事

一个贼，在行窃时被人发现了，大家追打他。为了活命，贼奋力挣扎，结果竟把被窃者撞下了河岸，偏巧这位爷不会水，拼命呼救，被众人按倒的贼自知闯了大祸，乞求众人道："我会水、让我下水救人吧"，众人便给了他这机会……人被救上来后，有人说，这是个奇迹，建议评贼为"道德楷模"并做巡回演讲。此事并非空穴来风，乃源于一桩真实的新闻事件。望大家从各自的立场予以解读。

媒体人

专业新闻人最重要的特征，就是永远秉持着一种"质疑"精神，否则，就别自称"媒体人"或者"新闻单位"。

许多人总贬损白岩松，我认为是没道理的。作为他的同行，我很理解他内心的追求与外部环境的剧烈冲突，他在很有限的条件下、竭尽所能向公众说出富有启蒙性的观点。这年头，在这样的舞台上，能有这样的人，已经算是很不容易了！为了维护这份"有限"的真诚，也许要付出代价。我们每个有社会良知的媒体人也在努力，但总不如某些人物所站的平台有影响力，所以，我们为了争取到这份话语权，就要保持住某些局面，不能自乱阵脚，即便这个局面不理想，聊胜于无！启蒙不是速食，它是一种长期的、动态的过程。我们等待的变化，也不可能一蹴而就，其实变化就正在发生着，像我们生命的成长，只是我们不自知，必须要站在历史的高度才能发现！

收视率

悲欢惊惧九重天，
窀穸求之小数间；
春风化雨何足训，
狗血浇头有余欢。
梦想不堪行远路，
精明只懂赚近钱；
浮华一场云烟散，
几人识得此生癫？

——2014 年 9 月 12 日，偶题 "收视率"

"收视率" 是个陷阱，让电视越来越沉沦于商业价值的判断，而丧失了文化价值的判断；但什么东西能够最终取代 "收视率" 呢？大家说了许多年，似乎都未找到一个更加有效的办法。抽样调查。但这牵涉到样本户的构成和数量。你调查一百个人和调查一万个人，样本户主要是低学历、低收入者或高学历、高收入者，结果是不一样的。但收视率调查公司更愿选择前者，因为能够降低成本、将利润更大化，可怕的是：数十万电视人竟无能到没再去调查一下收视率公司的数据是否真实！

我再重复一遍观点：传统电视的线性收看模式，正被网络的非线性的点播所取代，收视率这个指标，越来越呈现出一种 "邪恶特征" ——将制作人的良知和观众的品位双双拉低，电视拉升收视的手段与希望黏住观众的目的，也渐行渐远！

电视频道的无限扩展，导致内容产业的生产量明显跟不上供应量，结果屏幕里面的废话一箩筐，半个小时、甚至一个小时，我都几乎不明白大家要说什么。人若长期这样看下去，定会变得呆傻……准备写篇文章，想到一个标题：收视率：要你好看！

记者

对新闻行业而言：坏消息就是好新闻，这个理解没错；但对于具体的一名记者而言，你不能拿坏消息当背景，用倒霉者做道具，最后，以此去竞选影帝或影后……

电视记者搞得颇像"演艺人士"了。出镜审查，普通话测试……检验环节越弄越多，会考试的年轻人、特别是美女，便纷纷成为"出镜记者"，老记则大多败下阵来；既然"出镜"成了一种待遇，那在镜头前多露一秒是一秒，废话连篇，人也像明星赶通告，只要"我在现场"就行，一直在见证过程，却至死不知原因。

播出版面

偶做一梦。余赴餐厅吃饭，须臾间，五六菜已上齐，余正欲动箸，服务生下手麻利，将诸盘碟重新摆放至五星状；其端详片刻，又摆为一字长蛇；稍顷，再换至三角形；再摆为"一四阵形"；再搁成冷先热后，或热先冷后……其见余不解，曰："我曾在电视台工作，是安排播出版面的，习惯了！"我长叹，弃箸离席。

动画

去年美国全年制作动画片总长度约为 30 万分钟，中国 22 万分钟，日本 15 万分钟……祖国这回虽排行老 2 了，但一点也不值得骄傲——实际上，国产动画片鲜有知名作品、艺术精品或盈利产品，大多数皆粗制滥造，甚至即充当某些地方"创意产业统计"之账面政绩，故动画片的国际交易者常直言不讳地称之为"垃圾"！

电视台收购 TV 动画价格低、播出量大，政府补贴标准又依产量而非创作水平，致国产动画 Flash 成风，垃圾盈野。全国注册的 1 万多家动画公司正不断倒闭。截至 2010 年，全国每年在校动漫学生 30 万，中国社科院《2011 大学生就业报告》中，红牌警告专业，动漫居首位。

直播

昨在黄陵时，瞻仰某电视台的一则关于"救命"的新闻，男播音员一脸正色地朗诵一篇类似社评的本台评论，此篇评论中出现了无数次"奇迹"，譬如，是某某史上的奇迹，是生命的奇迹……此文堪称"奇迹文"！我知道：史上凡把事物都归结为"奇迹"之时，便是极端侥幸与无奈之日。直播时人说话声音的大小，一般由技术人员在现场监听控制，它取决于很多因素，比如，话筒离人的距离远近、环境噪声的大小。按信噪比原理，话音大了、噪音也会大，而且人在现场会因激动、紧张而话音变化，超过幅度表会出现"破"的感觉，故而机器会自动压低、技术员也会调得略小些，以求保险。

东方直播室

昨天录制《东方直播室》(这个名字我不喜欢——本身并不是直播，干嘛非叫直播室呢)，编导把五岳散人与石述思放了一个阵营，我觉得这种安排真不妥当，这俩哥们骨子里都是北京话唠，一得着机会就说个没完，您还让不让另一方发言了？ 也许是我的表达有误——嘉宾的意见，电视台不能干预，关键是：请人要请得有点区别，ABC 三人都是持这个观点，AB 都是急性子，C 有点慢性子，那宁肯把 AB 中的一个人拿出来和 C 做搭配，否则 AB 凑在一起，他俩为争话就能打起来。

新闻写作

1. 不要轻易对任何事物下判断。

2. 尽量不用形容词来描述一个事物。

3. 表达的观点，要有相应论据做支撑。

4. 对不了解的事物，直接表示"不懂、不知、不明白"。

5. 第一句话最好就有信息量。

6. 请把该习惯保持到最后一句话。

7. 为更正和补充留有余地。

8. 敢于承认自己"错了"。

9. 保持主题，勿卖弄不必要的知识，更勿纠缠于无关紧要的细节。

——我的新闻写作方法论

网络

互联网的价值，是可将公众域（Public Domain）无限扩展。它鼓励人们将自己的创造尽可能地与他人自由分享。创意的前提，应是充分和自由的交流。法兰克福学派批判"文化工业（产业）"，就是因其过分强调产品的可复制性和市场利益最大化，麻木并控制了消费者，反而窒息了整个社会的创意能力。

人一生内心有许多秘密，不能对亲人讲，只能对最好的朋友和最陌生的人倾诉。但朋友往往也是最靠不住的，他可能会因拿捏了你的秘密伤你最深；所以，只有对陌生人言说才保险。今网上匿名者许多都是有倾诉欲望的。所以互联网在中国火，正说明人缺乏心理排遣的渠道。

网络扩展了人类社会的感觉神经，使世界上所发生的一切，都仿佛近在眼前，特别是"痛感"部分。这致使众人普遍变得"敏感"起来——听风就是雨，误将个案当成全部……人们拼命揣测外部世界，但恰恰缺少了感觉自己，虽见识增多了，但快乐减少了。

互联网

不要过分强调个人的"能力"，在趋势面前，个人的能力是渺小甚至是无能的，如果没有互联网的大趋势，乔布斯与马云再有所谓"能力"，也是不可能取得如此成就的。同理，个人价值也是通过其所在的平台价值来体现的。恐怕就是互联网时代带给我们的思考。

在人们都在拼命赞美互联网、歌颂资本的时候，我倒是想认真地问一声：如果真像马云对王健林说的，2020 年网商必将占据超过50% 的市场份额，而实体零售业日渐式微，那么，类似阿里巴巴这种扩张，究竟是增加了就业还是减少了就业？如果是就业继续减少，对社会意味着什么？

互联网的去中心、无边界模式，令人会产生强烈的兴奋感——认为所有人都在关注着自己。但这种"自以为是"更多是一种幻觉：人们的选择和记忆都是有边界的，不可能无限扩容……

微信

微信"朋友圈"是人们用来高度自恋的，它比微博更勾引人的地方是：一般说来，你听到的，基本上都是赞美，因为别人不好意思骂你，即使有人骂，你也马上就知道他是谁了……久而久之，肯定没人骂你了。

微博与微信，令人陷入琐碎，但是，我们真需要知道这么多他人的生活细节吗？

在微信群里待久了，你会发现：1. 女性更多是靠刷屏（秀美丽、秀恩爱……）体现自我存在感。2. 男性则靠选择究竟给谁点赞、鼓掌、喊加油，来结交"有用"的朋友，而不是为了获得正确的信息。3. 与女性相比，男性更功利。4. 女性因为自恋，更容易沉迷于微信。

微博、微信的流行，已经揭示了人性的特点：只要我知道我写的东西，会有人看到，就油然升起一种本能的吹牛和扯谎的热忱——仿佛饥肠辘辘的人设下诱饵和捕网，馋涎欲滴地期待着一坨名为"点赞"的鲜肉能主动上门……如果"不幸"被不识趣的猎物识破了局、或挣脱了网，我必然会恼羞成怒，动辄开骂或以"退群"相威胁。实际上，我是否真在认真思考，连我自己都不知道——我是从这个角度来理解哈贝马斯"公共领域"理论的，所以，对所谓的成功者或英雄的"自传回忆"也不要太相信，许多不过是为了满足自己所编出的神话而已，除非他们清晰地认识到，自己所表述的这些语言和文字，永远不会被人所知……可如果不被人所知，任何表达又有什么意义呢？

微信群里疯转所谓的"墨子《商之道》"，实际上纯属无稽之谈，《墨子》根本没有这样的言论。附这段谬传的内容："我有利，客无利，则客不存；我利大，客利小，则客不久；客我利相当，则客可久存，我可久利。"

我们总以为，自己有许多朋友、许多社会关系需要去维护，所以，大家成天泡在诸如微信这样的社交媒体上……实际上，人们连一个最基本的条件都没有搞清楚：任何人的精力和时间，都是有边界的：第一，除了150人左右的生活、工作朋友圈子，你根本不可能应付超出这个范围的那么多的人；第二，就算你能维持网络上的数字交往，但是，人与人总是更依赖通过面对面的方式，达成长期的合作交流模式，不见面的关系，很难持久。

微博

我做了十几年媒体，明白一点传媒规律，我也知道，在像新浪这样的网站上，我应该写点什么样题材的东西、流传的效率会高（或者说编辑更愿意推荐），但我不喜欢这样做，把文字当成纯粹的"秀"，就会迷失自我。其实我们的文字不仅是写给别人看，也包含着写给自己的内驱力，是让自己思考的。

新浪微博的这次抽风，第一次让我知道了——"数字化生存"这玩意儿有多么的不可靠！据有人说，一个人日常保持联系最多的人，也不超过30—40个人，所以，手机里存100个号码足够了。

微博让我找到了很多久违的朋友，也彼此关注了对方，但过了一段时间，我发现人家已经把我"取消关注"了。我不怪他们，因为太多的"关注"，会令信息选择成本加大，费时费力；同时也说明，我微博上的内容并不是他们所喜欢的，取消也就取消吧。允许我也把你们"取关"了：我们并不是朋友，只是熟人而已。我倒是明白了一个道理：真正的朋友，确实是要肯花时间去关注和维系的。

第五辑

关键词

不可抗力

"不可抗力"主要指不能预见、不能避免并不能克服的自然现象，如地震、洪水、台风、海啸。有法学研究者者认为，一些社会现象如战争、暴乱、罢工等也应被列为不可抗力。亦有学者再问：不能预见、不可抗拒之政府命令，是否也应被列为不可抗力？如，某水库根据政府命令紧急泄洪造成他人损害，水库可否以此免责？

沪牌车与外牌车

在上海（不算新手司机和出租车），与浙、苏等牌的机动车相比，沪牌车算是比较遵守交通规矩的。但近来，苏、浙牌的凶猛程度，已被皖、赣牌车比下去了。自身感受，并非科研报告，无歧视之意，望勿上纲上线。此情况较普遍，原因或有三：1. 因车牌拍卖价高，在沪购车者渐从上苏浙牌发展为上皖赣鲁等省牌。2. 这部分多属新购车，司机亦多新手，难免莽撞。3. 沪路况复杂，外地入沪车辆因生疏而违章多。不排除因不同地域管理尺度不一，致使驾驶素质亦有差别。

特征

前日看某新闻频道，发现几个特征：1. "本台记者"数量巨大：

事无巨细，都会迅速出现在现场；2.因滚动播出，"新闻拉面"亦增多，许多内容像闲扯，过于生活流；3.编辑意识凸显，一则新闻后的关联性、解释性内容明显强化了；4.出镜的记者80%是年轻女性；5.评论员广泛出现，但评论力度比之前弱很多。

汪峰很地道，知会对方但并未索赔；旭日阳刚也很地道，接受意见并表示今后靠原创立足，不再侵权。社会各阶层之间的对话沟通，其目的是为了维护法制的基本精神不受践踏，个人权益不受侵犯，不让问题搞到最后谁都下不来台。博弈的最高境界，就是双方各自退让一步，从而实现当前福利的最大化和最优化。

短句

当老板的都喜欢短句，我总结如下：我相信你能把这事办好——10字；出什么问题你要负责——9字；这个问题我要考虑——8字；你到我这来一趟——7字；这事你抓紧办——6字；为什么不行？——5字；快点干活！——4字；别说了——3字；笨蛋——2字；滚！——仅有1字。

博托

微博也有托儿？有。我将其简称为"博托"。你会发现，许多跟人有针对性对话的"粉丝"，都是对你的大致情况有所了解，绝非"僵尸"，但若仔细观察：这些人几乎只跟名人搭讪，而且不交流，上百个有"粘性"的人，每人每天都会收到"他或她"的一句话，好亲切啊，于是你就不会轻易离开这家网站了……

帑

上周我评论，拽了一句"靡费公帑"，将"帑"念成"孥"音，而正确读音是"tǎng"。有网友指出这个错误，我很感谢。今公示出来以免谬种流传！唯疑惑是：《说文》中称此字"从巾，奴声"，是否古音曾此读？后面这句最重要——"又《廣韻》他朗切；《集韻》《韻會》坦朗切；《正韻》他曩切，音曭。《說文》金幣所藏也。"这大概就是念"倘"的由来！《广韵》是宋代修订的官话词典，所以念倘至少可上溯至宋朝。恩，这就是说，许慎的《说文》时代（汉朝），还认为代表金钱的这个字可以念孥的。

真实、真相

1. 认清真相，方无怖畏。人生的真相，就是成住坏空，生老病死。凡怖畏，皆出于对真相或全局的不掌握。

2. 为善不近名。权力对于善的过分宣传及犒赏，很容易演变为沽名钓誉，甚至假善之名而作恶。

3. 实际上，善的前提是真实。一个不敢讲真话的社会，很难有道德可言。

4. 所以，秀恩爱与秀高尚，在某种程度上都是故意制造选择性失明，有悖于真实和真相。

1. 风暴眼中最是平静。那些聒噪的声音，总是来自于气旋的外围。

2. 与其说人们观看谍战剧，是为了显示自己对英雄主义的崇敬，毋宁说实际上是在体验告密与背叛的快感。

3. 悲观主义不是乐观主义的敌人，恰恰是极致的悲观，催生了积极的乐观。

4. 所有将"成功学"奉为圭臬的人，最大的问题，是他们必须将自己的欲望降为"零"、而事实上，没有欲望的人，就根本算不上"人"。

1. 当告密成为美德，背叛就是本能。

2. 许多人喜欢标榜自己是"白手起家"，藉此兜售成功学，实际上，是"白手套起家"，您少说了一个字……

1. "安能摧眉折腰事权贵，使我不得开心颜。"李白这句诗，说出了讽刺的灵魂。我偏执地认为，无论批评，抑或赞美，都不能成为谋生的手段——尤其对知识分子而言。

2. 如果仅仅把语言视为一种交流的工具，未来的智能技术，一定能将翻译工作做到超乎今人想象的完美地步，而学习外语，可能是最没什么价值的行为；但问题是，语言不仅是交流工具，它也是一种思维方式，一种价值观，一种文化。所以，学习语言，其实是学习文化的过程，须终生不懈，外语如此，母语亦如是。

3. 我这十几年来，很少主动找人合影，对拍照片之兴趣大不如从前，大概因为我越来越接近于"悲观主义者"，总认为，此时之你我、未必是彼时之你我，在这不可重复的唯一时空中，既然存在并相遇，就是缘分，任何影像都留不住这种"唯一性"，与其日后回忆，不如此刻珍惜，尽可能地探究、尝试一些生命的可能性，比动辄"顾影自怜"要有趣得多……轴心时代的苏格拉底、孔子、佛陀，不都是"述而不作"的主儿吗？

招工荒、就业难

为什么"招工荒"与"就业难"并存？我想要分两方面看，一、国家大力推广福利覆盖和城市化本身没错，当然会造成一定的产业转型和传统行业中的劳动力供给不足，但都是暂时性的，也算是对过去政策的一种补偿和纠偏；二、全球化确实讲求错位竞争、或者比较优势，但前提必须是主权国家的自身经济运行的安全性，先要内圣，才能外王。

手机/网络

如果没有手机……

如果没有手机，我每天可能要减去四小时。如果没有智能手机，我每天至少要增加六小时！

自从有了互联网和手机之后，靠谎言为生的一群人，终于发现：骗人越来越难了。

人们（当然也包括我本人）每天在网上刷"存在感"。忽然，扪心自问："存在感"真的那么重要吗？我是不是存在过，谁会在乎呢？……各种徒劳无功的努力，只不过是向自己证明：我还活着，也只是活着而已。

阅读

一个人的知识多少，其实与境界高低并没有必然关系。多读书，并不像许多教育者所评价的，是"为了增加知识面"，而是为了提高人的认知能力。所谓的认知能力，就是价值的判断力——分清是非曲直，审辨善恶美丑，看透生死兴废，把握进退取舍……一言以蔽之，识人性，有良知。

自媒体

"自媒体"从某种意义上讲，就是科斯所说的"自由的思想市场"的开始。统一的价值观、知识观，包括传统媒体渠道所控制的（依附权力型的、单向度的）传播方式，都正被互联网的"去中心化"式的表达所瓦解……而食色物欲，当然，也包括对各种意识的批判欲和认知欲，反而容易成为新的凝聚人群的议程，同时，也将人们的需求重新分配，所以，"市场细分"是自媒体存在的特征。实际上，在需求多元化、市场细分化已经发展得如此成熟的今天，许多媒体依然被"收视率、发行量"这样单一的广域统计数据绑架，我个人认为真属于"愚不可及"——iPhone 在手机市场的份额不足三成，但赢利（包括利润率）之能力，强悍到所有竞争者都不可小觑。当然，广域统计不是不重要，但一定不是评判生存价值的唯一指标，特别是在内容领域，"独特"的性价比和效用值考量，或许才是最重要的。

自媒体时代，极大降低了表达的成本，于是观点层出不穷，但是，扎实的调查却越来越稀缺。

1.英雄不问出处。2.其兴也勃焉，其亡也忽焉。3.高冷必死，卑微方活。——自媒体的三个特征。

成功学

我觉得，除了学习与锻炼"有一分付出，必有一分收获"之外，所谓的"只要努力，就会成功"，基本上是个伪命题，不成立：一是如何界定成功？标准模糊；二是应向何处努力？说法各异；三是若只强调个人因素，而无视"天时、地利、人和"等诸多环境条件之制约，很明显是"睁着两眼说瞎话"。绝大多数"成功"，基本上全属"偶然"，也就是俗话所说的"瞎猫撞上死耗子"……任何人的成功都不可复制！——厌恶"成功学"的理由。

语言

人类永远无法用语言清晰地界定这世界哪一部分是真实的，因为你确认一切真实的前提，是能够分辨清楚哪一部分才是不真实的，而事实上，由于你对不真实本身就充满未知性……所以，我们只能用语言的方式来界定我们的语言。

任何语言（文字），都无法表达人类真实的感觉、准确的观点，符号的局限性是天然的，这也是哲学家所谓的语言（文字）的"能指"与"所指"不可能达到同一。基于此，一切语言（文字）包括由它所构筑的观念，都可以被解释，同样，都可以被质疑。

由于不存在无法被解释和被质疑的语言或文字，所以，人只有在不断出现歧义、误会和由此产生各种冲突的世界中，对自己的认知能力，保持高度警惕。

真正的、理想化的"准确"表达，不要把它想象成是简单、简约的概念或定义，恰恰相反，表达要"准确"，一点也不简单，反而是个多角度、多层次、复杂描述的过程。

说出来的，都不是真理。老子说："道可道、非常道；名可名，非常名。"

不言说、不解释，反而离真理更近！

这大概是人类需要艺术的一个重要理由。恐怕没有什么，比妄图对艺术做出科学解释更荒唐的努力了。

扯淡

中国人的会特别多，这些会，大多是不知所云的、旨在证明大家"尚在人间"存在的形式，"扯淡"成了谈话习惯，如果被扯到"蛋疼"尚不能成为与会者的一种享受、那么，"痔疮"必然是大家久坐之后在身体上的共鸣。

学习

学习，就是对人的自身惰性的克服过程。

所谓"快乐学习"，其实是个伪命题，能使人快乐的，只是好奇心和抵达彼岸时的满足感，而"最好的学习"，根本不可能依据"快乐原则"，就是必须用最枯燥乏味的不断重复、来获得记忆并训练出本能般的技能。

但还需要强调的是：掌握知识和技能，并非学习的最终目的。学习的意义，在于提升自身的认知力，不至于让自己的人生陷入绝望！

真理

衡量我们是否身处于一个文明社会，至少有一个"可以清晰描述"的标准——你追求真理吗？你敢于公开表达"追求真理"的意见吗？

上海

上海，永远是《一步之遥》等无数"年代戏"电影的故事背景；但是，上海的电影人自己却已经拍不出《一步之遥》了（哪怕这部电影票房并不甚如人意）……上海今天的"中规中矩"，与当年的"冒险家乐园"相比，其差距，已远非"一步之遥"。10年前，阿城便对我说：如今的北京，文艺流民遍地游走，倒成了"海派"，上海则一副官气十足，活脱脱成了"京派"。

抢红包

我不喜欢"抢红包"，总觉得大家都显出"丐帮嘴脸"，过年7天，微信上几乎所有群，除了抢钱、就是抢钱。唉，抢吧。

一个群，最好不要超过100人、否则交流的活跃度和质量会大幅度降低，最后除了彼此莫名其妙地祝贺这、祝贺那，唯一有意思的，就是抢红包了——不过，红包金额一般与人数的增加额成反比——越来越小。

摇一摇、抢红包……在央视和各地方卫视等媒体的推动下，对金钱和运气的狂热追逐，似乎成了今年春节的唯一主题。其实，中国社会的底色就是"人为财死"，尽管口头上总说什么"文化、梦想"……要知道，"只顾眼前我夺利，哪管身后他遭殃"，是体制与人性扭曲纠缠、共同催生的结果，装逼是装不出来的。

道德

从来没有什么先验的道德，道德不过是人类各种博弈中的均衡态势。中文里"道德"二字本身就颇有深意：道者，从辵，从首；德者，从彳，从直，都是一边行走、一边看路的意思。或可引申一下：道，头足并用，知行合一；德者，彼此监督（十目）、追求共识（一心）。所以，道德从来都是在动态中逐渐确立、又逐渐改变标准的，换句话说，它是依靠人与人之间、组织与组织之间的"相互纠错能力"而获得的。

BMW

今天遇到一个安徽牌照的香槟金宝马车，停在马路边，不走，而它旁边正好有这一侧马路仅有的一个空车位，我很客气地下车，敲打他的窗户说："师傅，您能不能往前开一点让我停进去？"司机是个50岁左右的男人，半天才把窗户摇下来，而他的回答，几乎是挑衅式的："你为什么不开到我前面，再倒进去？"然后，就不再搭理我的请求了，继续停在原地，我也只好回车里，准备以他的方式"倒"进停车位时，不巧，已经有一辆警车停进去了……为什么感觉大多开宝马的人、精神（情绪）总是处于一种不稳定的状态？这与 BMW 带有旋晕、迷幻感的 LOGO 对这一类特定人群所构成吸引力，有必然关系吗？

知行合一

湛若水在为王阳明撰写墓志铭时，批评他曾有"五溺"：任侠，骑射，词章，神仙，佛氏。但湛氏没能理解，若无这五溺，阳明心学未必可成，圣人之境未必可达。对于每一个人而言，即便是耽溺于顽劣，荒废于歧途，这也是人生知行合一、澄心见性的过程，正所谓"失败也是成功的一部分"，何况又是王阳明！

所谓"理论与实践相结合"、"实践是检验真理的唯一标准"，这还是用"先理论，再实践"这样的递进顺序描述的二元论。而我理解的王阳明的"知行合一"，本质上是不再将知识与行为分开——获取真知，实际上就是践行的过程，也就是说：知则必行；若无所行、即不要妄谈所知者必为真知。正如马克思有句名言："哲学家的任务是解释世界，而问题是如何改造世界。"

真相

对于所谓的"事实"和"真相"，我们只能逐渐接近、但永远不可能抵达。这也是我对许多事情保持沉默的原因。

思考

思考如登山，越行至高处，越显得孤独，唯有上天静静地看着你，并用严寒和缺氧不断地打消你这企图接近他的努力……而山脚下的庸众，也乐得看到你无功而返、重归低谷的结局。这种艰难的攀爬，其意义何在？除了你自己，没有人会真正理解，所以，不要指望会听到"我能理解你"这样的宽慰，更不要期待关注和喝彩——从本质上讲，思考就是一种告别群体的探险。

我听了太多对"媒体误导公众"的批判，却鲜有人愿意承认，由于存在认识的局限，公众不慎"误读"甚至刻意"误解"的现象也比比皆是……所以，人类更喜爱扮演"受害者"，或者说，我们对自身愚昧的宽纵、远大于对所谓欺骗的苛责。

"快乐就好"这句话，恰是"放弃思考"的烟雾弹。

粗鄙

粗鄙，本来就是人类动物性的外化，你用不着刻意美化粗鄙——譬如称它是"对暴虐的一种反抗"，其实，正是因为粗鄙，才令我们的灵魂沉沦至甘于忍受暴虐的地步。所以，挣脱粗鄙，就是一种自我救赎的过程，暴虐或许可以消灭肉体，但不可能令高贵的心灵折服。哪怕身处禽兽四伏的世界，你的自由意志依然不断地提醒：你，是一个人。人，就得有个人样！

现实

影视剧看得太多了，人对现实的认知力会变得越来越差——因为会误认为现实"应该如此"，如遭遇"不如此"，人就会愤怒。仿佛买车前，其购买决定，受汽车广告的影响太深，总以为大马路上，永远只有自己一个人开车……

向心力

中国人在国外旅游时，如果见到其他的中国游客，是喜？还是忧？抑或是心生厌恶？我觉得，这是检验一个国家是否有向心力（或者称"文化认同"）最简便的方式。

认知

我们所能认知的世界，实际上，是由我们已知经验所建构起来的一个想象的产物。胡塞尔的"现象学"认为：因为有空间和时间的差异，我们永远不可能了解所谓"真正的世界"，不仅人类，即便是上帝到来，也做不到。

舆论

　　当信息不再成为稀缺资源，"注意力"就成为人们拼抢的对象，无论是因为爱，抑或是因为恨。人类的情绪仿佛总是无限的，只是承担这种宣泄任务的生命却是有限的，而且，并没有组织和个人因为你情绪的大起大落、心痛得死去活来而负责……所以，与狂热的舆论保持一定的距离、对情绪进行克制，就是为自己好！

电视

　　"长期看电视，人会变傻"，我对这句话非常反感！不仅因为我自己是从业者，也缘于这种评价完全不符合科学精神，缺乏论证逻辑，简直就是"棍打一大片"，全面否定电视作为大众传播工具的社会意义和教育功能，贬低了无数新闻和创意工作者的劳动价值……

　　所以，说话要讲良心，做人不能偏激！如果能将"长期看电视，人会变傻"这句话，说成"长期看中国电视，人会变傻"——就显得比较客观、公正了！

　　"真人秀"被中国电视推崇备至，我认为是很可笑的事，要论人之恶，有什么节目可以与现实相"媲美"？最好的"真人秀"，一定无法在公众前展示，所有可以被展示的，不过是"做秀"而已。

宣传

　　大凡"宣传稿"，其要义即"自欺、欺人"，而前者更重要——所以，凡遇竭力吹捧自己的文字或话语，皆不可太当真。管仲当年怎么评价易牙的？不妨重温一下，除非你自己想体会一下"齐桓之死"。

　　在广告人眼里，生活永远是餐厅；在新闻人眼里，世界一直是厕所。

　　新闻人的习惯，是总提醒大家，你只看见了餐厅，却没有看见它后面的厕所，餐厅是表相，厕所才是本质，弄得受众吃顿饭都要呕吐，简直是恶心人。

　　而广告人的任务，则是彻底清除你大脑里一切关于"厕所"的印迹，唯有餐厅，即使有厕所，也要想尽一切办法把那里面的东西做成可口的食物，让你吃得津津有味……

完美的人

　　对科学越做深入研究，越容易把人的"感觉"放置在一个较为客观的位置；而追求艺术则正相反，因其目的恰好是张扬这种"感觉"，令人意识到"我"的存在。

　　唯艺术和科学的同构与结合，才是完美的人。

消费

在资本逐利本能的驱动下，无数新鲜商品将消费者的欲望一再激发出来。如果把这种物欲视为分母，那么分子——"因物质获得所带来的快乐"就愈来愈显得渺小，甚至因为"易逝"而趋近于零，以至于人的幸福感并未随着物质世界的丰富而上升，反而日益低迷。

乔布斯的名言"我们不满足人们的需求，我们创造需求"被无限放大，"快速迭代"成为流行语——殊不知，如此频繁的迭代的背后，意味着巨大的社会资源浪费。尽管经济学有"理性人"的假设，但在这个由资本创造的世界里，"非理性"才是常态，即便个体追求理性或效率最优，但按照"纳什均衡"的理论，囚徒困境依然存在——而这种集体所呈现出的"非理性"，最终会导致整体利益受损，社会总效用是降低的。

欲望本身就像癌细胞一样，吞噬着其赖以生存的有机体，道路拥堵、河海污染、雾霾笼罩、疫病横行……从本质上讲，许多问题不能仅仅归咎于公共政策失灵，而应"归功"于我们对商品世界的沉迷、对消费主义和巨大制造能力的膜拜，最重要的是我们对自身欲望的放纵——"我消费，我存在"。

逻辑

"相关性不意味着因果性"，遗憾的是，对于这个基本逻辑，很多中国人并不清楚，这就会得出诸如"城市道路越来越拥堵——受高等教育的人越来越多——所以，为了能让更多的人上大学，我们应该把路堵死"这样荒谬的结论。

De Beers diamond 的内在逻辑：钻石是世界上最理想的示爱礼物，这不仅因为其昂贵、更重要的是，它没有任何实用价值，但是这个男性毫无兴趣的东西，却恰恰可以"检验"出一个男性愿意为一个女性调动多少资源、证明这份爱并对她进行排除共享（若送车、房，男性还可以使用，但钻石则无法共享）的投资。所以，女性爱钻石，实际上与美无涉，与安全感有关。

阴谋论

"阴谋论"属于最具生命力的一类谣言，而谣言的基础，是人们由于不了解更多信息而产生的恐惧、通过刻意扭曲事实陈述而获得虚幻安全的过程。

一切"阴谋论"的最大特征，就是归咎法——"我只要失败了，责任全在你！"

日常社会中，长期持阴谋论生活态度的人，对外部世界是容易充满仇恨的，人际关系也较为紧张。这种思维定势、会习惯性地认为："我之所以痛苦，不是因为我错了，而是这个世界错了……只有消灭了包括你在内的'暗算'我的旧世界，我就幸福了。"

新常态

在"新常态"下，对于许多地方的政府财政而言，最大的悲哀并不是穷，而是曾经富过。

挑战

号称"挑战"，实际上，不过是迎合"看客"而已。真正的"挑战"，只针对自己的薄弱人性，而且根本不需要围观者。

优越感

有优越感的人，是做不好任何服务工作的。人——仅作为劳动力而言，其收益主要来自商品的一般属性——"使用价值"即"服务"，无论是企业还是政府，原理也是一样的：好的管理，就是好服务，好的服务，就是好的引领，而好的引领，不正契合了"管理"的核心诉求吗？所以，我确实搞不懂，你们那些个莫名其妙的优越感，从何而来？更重要的是，有个鸡毛用？

（注：我所说的"优越感"和职业尊严不是一回事。）

粉丝

我不做谁的粉丝，也不希望谁是我的粉丝。你可以喜欢一个人，但喜欢的前提，必须是可以自由地批评他，并针对他的意见发表异议，"粉丝"属于思想上缴械的仆役，没有独立思考的一群人，不是乌合之众，又能是什么？

建筑

昨天在西安拍摄《梦想改造家》，我与编导聊天，谈起对建筑的理解，我说，总结起来，无非就两句话：一，空间围出来的建筑；二，建筑围出来的空间。如果一定要我再加一句，那即是：……三，它们之间的相互适配程度。

暴力

凡能拿钱解决的问题，都不是什么大问题；凡使用暴力解决的问题，不仅解决不了真问题，反而会酿成更大的问题——这说明，暴力者极度恐惧，也只剩下动粗这一招了，再往下，就是崩溃。

暴力源于恐惧（恨，也是一种恐惧）。

按照李玟瑾老师对犯罪心理学的阐述："暴力，会让恐惧的人感觉自己不再弱小。"而这种"卑弱"，常是发端于青春期的某种心理创伤（包括突然更换生活环境），而且，具有很长的潜伏期……

要想消弭暴力，除了物质条件的保证，更需人与人保持沟通状态，承认人有复杂的情感、而不是用简单的方式来划分"好人"和"坏人"，从而制造对立心态——"二元导致对立，对立产生仇恨，仇恨激发暴力！"

自由

　　说实话付出的代价如果太高了，人们的习惯性撒谎就会成为维持生存的常态。所以，自由是真实、信用和创新的基础。长时间的压抑、苛责和辱没，只能催生怠政、仇恨和背叛。

时间

　　生命最可宝贵的，不是别的，就是时间。无论权力、名誉和金钱，其终极目标，都是控制人的时间，或者说，是在各种交易条件下，用别人的时间来完成自己不屑于做的事、从而实现自己的梦想。从这个角度上，你就不难理解为什么人类制度上一切奖励和惩罚，最终都是以时间作为"交易成本"刻度的——譬如，奖励说到底，就是拿多出来的资源交换他人的劳动做"时间替代"，而最严厉的惩罚，即褫夺你的生命。其实这种"吸星大法"在我们许多人看来，就是所谓的"成功学"——不择一切手段，占据或控制你的时间，只要让多看我一眼，哪怕就一秒钟也好……咱就算没好事，难道还不能制造些丑闻吗？无论是你的意乱情迷抑或冷嘲热讽，都是我延年益寿的丹药！

艺术

商业大片、演唱会和各种真人秀……是在异化中挣扎的现代人类，抵抗"幻灭感"的麻醉剂和兴奋剂。我承认，它们自有其存在的正当性或合理性，但看到有人想用尼采的"艺术不容忍现实"来解释，我只想多说一句：请别糟蹋"艺术"。

别因为挣钱多、名气大，就老说自己是什么艺术家——在人类的历史上，娱乐与艺术，从来都不是一回事。仅以绘画而言，无论是卡拉瓦乔、伦勃朗，还是梵高、罗斯科，活着的时候，受到众人的鄙视批判……还少吗？

什么是艺术？就是你内心所感受的世界。

不确定因素

你究竟是年轻、还是衰老？我认为，至少有一个可资参考的分野标准，那就是对于各种"不确定因素"的接受程度。

复杂

所谓小民，就是乐于把简单的事情复杂化；所谓大师，就是善于把复杂的事情简单化；把简单的事情搞得复杂，其实特简单；把复杂的事情搞简单，其实很复杂。遗憾的是，我们大多数人，很容易被装神弄鬼的复杂，弄得神魂颠倒、如痴如醉，却对返璞归真的简单，不屑一顾，嗤之以鼻。套用一句电视剧的台词总结："贱人，就是矫情。"

强调

真正不在乎"被遗忘"的人，是不会把"请你忘了我"、"请不要记住我"或者"我其实就是一个平凡人、普通人、小老百姓"成天挂在嘴边，这些不经意的强调，恰恰表现出内心强烈期待"被关注"的欲望。

反潮流

反潮流只是对集体无意识的抵制，强调独立思考，不要将其与反文明混淆。毕竟所有人都不能替代他人思考和活着。我们最愚蠢的地方，就是笃信"我看到的一切就是全世界"或者"我认为对的，你也一定应该认为对"，这种被媒体所制造出的世界幻象以及所无限放大的自尊心，使人越来越容易走向偏执。这是焦虑的起点，也是异化的终点。

存在感

真正的存在感，就是孤独感。但让人从无意识中，逐渐变得有意识，无疑是一种痛苦的事。许多人为了逃避痛苦，便选择了娱乐作为致幻剂。整个社会都以"娱乐至死"的态度为正朔，实际上就是一种反智，它消磨了人的想象力和能够提出问题的理性思考……谁又能说，"娱乐"不是另一种愚民的强权呢？

怕

人生之"怕"，大多来自于强烈的"我要"；不要了，也就不怕了，不怕了，也就真了——用一句装蒜的话，叫"回归生命的本质"：无意义，有体验……从这个角度上讲，越想留芳百世，就越会导致"伪善"的路径依赖，最后，遗臭万年都算好结果了，绝大多数人是活了一辈子但就和从来没活过一样。

天才

天才和庸才最大的区别，就是天才会完全忽视那些不重要的、冗余的、芜杂的，直接把他认为的最本质的东西通过"离经叛道"的方式呈现给你；庸才是分不清什么是重要、什么是不重要；而蠢才则正好相反。其实，天才并没有"离经叛道"，他或她的发现和表现之所以能够震撼，只是出于内心的本能，表达出了一种更真实的东西。天才无视对错，他只要真，反而是我们这些惯常计较对错的平庸之辈，动辄选边站队，早就忘记了常识与本真，所以，标准错了，天才就少了。

潜意识

潜意识决定了一个人几乎 80% 的行为。比如，幼年极度贫穷的人，长大后无论拥有多少财富，依然会有强烈的匮乏感，不择手段地弄钱甚至会成为本能；小时候受到强烈惊吓的人，成年后，多疑、猜忌和崇尚暴力就是一种习惯。而一个人越是受到许多欺骗，就愈发愿意强调自己的明智和无比正确，就像醉鬼说自己没醉、虚弱者假装自己勇敢、越是被情绪主导、无理取闹的人越是口口声声说自己是讲理的人，而在生活中丧失控制力的失败者，总要靠折磨家人来获得慰藉……有时候，我不得不佩服中国人创造的"装"这个字——穿上服装的人，和一丝不挂的时候有着巨大的区别，究竟哪一个才是真正的我们？你更喜欢自己的哪一种状态，其实，连你自己也搞不明白。这就是潜意识，反着看自己的行为吧，或许，反而能看清楚一些。

工匠精神

为什么"道高一尺，魔高一丈"？这个社会，与习惯于知足常乐的"好人"相比，贪得无厌的"坏人"，无疑显得更勤奋——为了逃避因做恶所带来的惩罚，欺世盗名者，确实需要十足的"工匠精神"。总强调对恶的宽容，这也是"好人不得好报"的重要原因！

犬儒主义

犬儒主义者，总爱以"动机论"来衡量一个人的作为。你说我使伎俩，我说你有阴谋，反正大家都不是什么好人，索性将坏事做到底——抛弃正义、顺应恶行、睥睨一切理想主义者和嘲讽所有的悲悯之徒……问题社会是每个人"共同不努力"的结果。所以，我支持温总理。

老师

在中国，哪个地区的教育条件比较好，人们在彼此的称呼上、都愿意叫"老师"（上海就很明显）。这可能跟年轻就业者多，把学校的习惯带到社会上有关，也与老师这个行业不太遭人嫉恨有关……但有一点，是值得肯定的：人们如果都在这种称呼中能找到当学生的感觉，这个社会一定是有希望的、而且是温和的。我的总结可能有点以偏概全了，不过我想叫老师，总比叫同志、师傅、老板、叔伯大爷等更经济实用，第一，不用带太多的长幼贵贱等辨别任务，第二，把自己放在学生的位置上，显得有教养、有文化，至少重庆人有这个追求嘛。

修正一下我前不久的观点：许多人之所以愿意称呼对方为"老师"，恐并非出于尊重知识，还是跟"辨识成本较低"有关。先生小姐之类，在 60 年大陆的政治语汇形成中，带有一定的歧视和歧义；直呼其名，与中国礼仪习俗不相符合；姓后面带上职务，又可能犯了张冠李戴、名实不符的错舛，所以干脆一律称老师吧！

读书

1. 读者，独也；读书，就是让自己学会独处，绝不是一个狂欢的节日可以代表的。

2. 许多中国人仅仅把"读书"理解为一种接受学校教育的过程，离开学校了，"读书"似乎也就结束了。读书成了一门技术，那是文化的悲哀。

3. 读书，其实是一件非常个人化的事，是人从人群中分离、寻找自我的途径，所以，不要迷信名士权贵开具的书单，自己更不要给别人乱开书单，因为，每个人对生活的和体验和理解都不同，"开书单"从某种意义上说，是一种话语霸权的体现，毕竟"人之患在好为人师"。

现代社会与公众思想

1. 在现代文明国家之内，不应有"敌人"的概念。

2. 公众的思想是不可能"统一"或"达成高度一致"的，所以，为了使分歧不至于转化为伤害，人类所能做的，只有力争双方（或多方）通过彼此说服与理性辩论，最大程度地形成"共识"，或者通过博弈、让步，达成妥协。

3. 请不要用驯狗的方式企图驯服人——尽管有许多人……确实还不如一条狗。必须承认：从历史和文化的基因上，有的人就是人，而有的人则是一条向主人谄媚、对同类狂吠的狗。

"思想僵化"的三个基本特征：

首先，"判断事物皆以自己之好恶为标准（即所谓'固守成见'）"，观点容易走向绝对化和极端化，拒绝承认无知和错误，由于内心充满着"可能将被社会抛弃或放弃"的恐惧，经常性地靠贬损、辱骂他人而获得"存在感"；

其次，喜欢炫耀既往之成就，重复炫耀而且不知疲倦，并习惯性使用"这件事儿，我就早说过……"这类的语言，将自己努力表演为"先知"或"前辈"；

第三，懒惰。

退

1. 最好的时候，就应该结束，急流勇退，功成身退……

2. 人与人永远都存在价值观差异，存异而已，何苦非要求同，就像情敌政敌，相逢饮宴之所，可以把酒，但不必言欢，只要不撕破脸开打，便足矣！

3. 承认"我错了"或者"我有错"，恐怕是世间最艰难的一件事，因无认错，故必须背负错误、踯躅向前，故令其人生更加艰难。

低俗

1. 如果低俗是对虚伪的解构，那么一定会有人呐喊：让这个世界的低俗来得更猛烈些吧！

2. 当"低俗"已盈塞于天渊之时，应和着人们的道德批判，虚伪站出来说：请允许我用暴力消除这些污秽之物吧，勿令尔等身心毁堕。

3. 众人虽心有忧虑，亦不得不承认这或许是"唯一有效的方式"。

4. 于是，刀枪在手的虚伪之后不用虚伪了——力量悬殊，连博弈二字都不复存，口无须伪、心何必虚。这世界自此全力朝着高尚一路狂奔，想停都停不下来。

经济学

我并不反对经济学成为显学，但是，经济学不是万能的，人活着，不能将赚钱视为一切……遗憾的是，我们似乎全成了拜物教的铁杆信徒，一切为了钱！这是"人"的悲哀。

从资源的稀缺性、到可交易的市场形成……经济学的原理告诉我们：组织（企业）的存在，就是为了最大程度地降低内部交易成本，以赢得外部竞争，但您不妨看看今天的企业，尤其是国有企业，它的内部交易成本，真的被降低了吗？它能"赢"的原因，源自政策性的垄断，那么，这么高的成本，最后转移给谁了呢？

后记

人这一辈子，经常做无用功。

一本书的后记，就像一场戏剧的"谢幕"，是为了给观众留有"曲终人未散"之感。但是，在现实中，书籍的后记与戏剧的谢幕，其地位实在是天差地别，读者很少阅读后记。

后记，往往就是"鸡肋"，食之无味，弃之可惜！

那为什么还要有后记呢？

这真是个好问题。后记，在哲学意义上讲，就是对"人究竟为什么而活着"这个古老的终极问题作答——我们不妨把一本书视作一个人，后记，就是对他的人生的"中心思想"进行总结。

现在，互联网颠覆了一切人的优越感。在电视行业打拼了20多年、已届"知天命之年"的我，在整个行业都走下坡路的时候，内心充满了焦虑，我该如何面对未来的命运的挑战？我能及时改弦更张吗？我是否会在疲于奔命中、找到内心的安宁？……

对于这些问题，说实话，我根本不知道答案在哪儿！

我们常把人生比喻成"修行"——言外之意，大家对"修成正果"还是抱有信心的。但我对此，却很不以为然，我认为，与其说人生是"修行"，不如说是"修补"，更妥当；实际上，"修补"在某种意义上是一种更健康的发展观，也就是，不预设立场，强调在包容中保持独立性，就像我的一位研究心理学的朋友提醒我，不要总说什么"我相信，我将来一定会幸福"，这句话背后的潜台词则是"现在我很不幸福"！

从这个角度上看，承认"修补"，要比刻意"修行"，令人心态更平和。

所以，我很喜欢古代《尚书》里的"念兹在兹，无日或忘"，实际上，"念兹在兹"这个词本身，就是"人生意义"的答案：你在、你体验、你又思考。

至于你一定要思考出什么东西，你会得到怎样的社会评价或定论，都不必在你人生尝试范畴内，就像维特根斯坦在《逻辑哲学论》中所说的："一个人对于不能谈的事情就应当沉默。"那些赋人生以意义价值的东西，大概都在"可说"的范畴之外。因而，对这些神圣的东西，我们只能沉默以对。

既然长篇大论，已经解释不了人生，保持沉默，又显得太刻意，那我就索性用最简短的文字，来呈现一下我的只言片语的思维轨迹吧！

就像很多年前，我曾用文字对自己的职业、身份、生活、志向和社会评价进行了如此一番描摹：

如芒在背，如鲠在喉；半生期艾，一世乡愁。身有所属，心无所依；意在屠龙，力不缚鸡。鲜见好脸，定谳坏人；沧海一粟，何以寄存？

无论你看得懂、看不懂，我自己懂、有人懂，就够了。

我想起古代的文化人，经常会展阅诸如《女史箴图》《富春山居图》或《清明上河图》这种很长的、横向观看的手卷。我小时候，以为它必须全部铺展开来再看，哪里知道，其实，浏览手卷的正确方式应是——两手横执长卷，从右至左，逐渐展开画卷，在左手舒展画卷的同时，右手紧跟着卷起来前面已经看过的部分，这就等于说，进入你眼帘的，永远只有你两臂中间的那一截画图，你不可能看见全貌，但却能在对既往的回忆、和对未来不确定性的期待中，领略到一种流动的美，尽管它存在视域的局限。

　　但这不就是我们应该对待人生的态度吗？承认局限，才是真正的不局限。

　　既然我的这些文字，全是杂乱零散、缺乏逻辑关联的思维碎片，那么，你也就不妨以碎片的时间去看待它，随时找到自己，随时又学会告别！就像我常说的一句话——"人生没有彩排，每天都在直播"。

　　最后说一句，无论这些文字显得多么的琐碎凌乱，但我在这几年中陆陆续续写下它们的时候，无论何时何地，内心深处都保存着对真善美的向往，这大概就是我的初心，而且，还真没变过。

骆新

2016年7月7日于伦敦

图书在版编目(CIP)数据

"骆话"流水/骆新著.—上海:上海人民出版
社,2016
ISBN 978-7-208-13989-3

Ⅰ.①骆… Ⅱ.①骆… Ⅲ.①随笔-作品集-中国-
当代 Ⅳ.①I267.1

中国版本图书馆 CIP 数据核字(2016)第 174103 号

责任编辑 舒光浩 陈佳妮
封面设计 胡 斌

"骆话"流水

骆 新 著

出 版 上海人 民 出 版社
　　　　　(200001 上海福建中路 193 号)
发 行 上海人民出版社发行中心
印 刷 常熟市新骅印刷有限公司
开 本 890×1240 1/32
印 张 5.75
插 页 2
字 数 119,000
版 次 2016 年 8 月第 1 版
印 次 2018 年 5 月第 3 次印刷
ISBN 978-7-208-13989-3/I・1570
定 价 30.00 元